Cuaderno de ejercicios y Manual de laboratorio

Octava edición

Mary McVey Gill

Brenda Wegmann
University of Alberta, Department of Extension

Teresa Méndez-Faith
Saint Anselm College

Australia • Brazil • Japan • Korea • Mexico • Singapore • Spain • United Kingdom • United States

En contacto Cuaderno de ejercicios y Manual de Laboratorio Octava edición
Mary McVey Gill, Brenda Wegmann, Teresa Méndez-Faith

Executive Editor: Carrie Brandon
Acquisitions Editor: Helen Richardson
Senior Development Manager: Max Ehrsam
Senior Content Project Manager: Michael Burggren
Marketing Manager: Lindsey Richardson
Marketing Assistant: Marla Nasser
Advertising Project Manager: Stacey Purviance
Managing Technology Project Manager: Sacha Laustsen
Manufacturing Manager: Marcia Locke
Compositor: Pre-Press Company, Inc.
Photo Manager: Sheri Blaney
Photo Reseacher: Jill Engebretson
Senior Permissions Editor: Isabel Alves
Senior Art Director: Bruce Bond
Cover Designer: Olena Sullivan

ISBN-13: 978-1-4130-1984-1

ISBN-10: 1-4130-1984-6

Heinle
20 Channel Center Street,
Boston, MA 02210
USA

Cengage Learning is a leading provider of customized learning solutions with office locations around the globe, including Singapore, the United Kingdom, Australia, Mexico, Brazil, and Japan. Locate your local office at **international.cengage.com/region**

Cengage Learning products are represented in Canada by Nelson Education, Ltd.

To learn more about Heinle, visit **www.cengage.com/heinle**
Purchase any of our products at your local college store or at our preferred online store **www.ichapters.com**

A la memoria de mi padre, Epifanio Méndez, ferviente defensor y ejemplo de la inagotable capacidad creadora del espíritu humano.

T. M. F.

Printed in the United States of America
5 6 7 11 10

Contents

The Program: *En contacto*

En contacto is a complete intermediate Spanish program designed to put the English-speaking student in touch with today's Hispanic culture through its language and literature. The program includes a review grammar *(Gramática en acción),* a reader *(Lecturas intermedias),* a workbook/lab manual *(Cuaderno de ejercicios y Manual de laboratorio),* and an audio program. ***En contacto*** is based on the philosophy that the acquisition of vocabulary is as important to the intermediate student as the review of grammar. Therefore, each of the twelve chapters of each component is coordinated with the corresponding chapters of the other components by grammar topic, theme, and high-frequency core vocabulary. The program is arranged for flexibility: the grammar text (and exercise manual) can be used independently of the reader in courses in which reading is not emphasized, and the reader can be used independently in intermediate courses stressing reading, literature, or conversation. The twelve chapter themes are varied and were chosen both to appeal to the contemporary student and to introduce cultural materials and stimulating topics for discussion or composition.

Cuaderno de ejercicios y Manual de laboratorio

Each chapter of the combination workbook/lab manual contains all new exercises not found in the review grammar. The vocabulary is drawn exclusively from the review grammar so that the grammar and exercise manual can be used independently of the reader. Cultural materials are emphasized. Each chapter of the exercise manual contains a workbook section with exercises that can be assigned for additional writing practice.

In each chapter there is also a lab section that can be used with the audio program. This lab section contains recorded conversations, grammar practice, listening discrimination exercises, comprehension exercises, dictations, songs, and other exercises for oral practice of Spanish.

Cuaderno de ejercicios

NOMBRE ______________________ FECHA __________ CLASE __________

CAPÍTULO **1**

En busca de la felicidad

Usted lo ha visto: Gustar (1)

CE 1-1 ¿Te gusta (gustan)...? *It is the first day of school and Alicia is asking Sonia, her new roommate, about her likes and dislikes. Follow the models to ask the questions Alicia would and answer them as Sonia would.*

Modelos	a. escuchar música	Alicia:	**¿Te gusta escuchar música?**
		Sonia:	**Sí (No), (no) me gusta escuchar música.**
	b. los chocolates	Alicia:	**¿Te gustan los chocolates?**
		Alicia:	**Sí (No), (no) me gustan los chocolates.**

1. bailar Alicia: ______________________

   Sonia: ______________________
2. el tenis Alicia: ______________________

   Sonia: ______________________
3. las fiestas Alicia: ______________________

   Sonia: ______________________
4. ir al cine Alicia: ______________________

   Sonia: ______________________
5. los conciertos Alicia: ______________________

   Sonia: ______________________
6. mirar television Alicia: ______________________

   Sonia: ______________________

Subject Pronouns; The Present Indicative Tense

CE 1-2 ¿Qué hacen en sus ratos libres? *For each of the following sentences, give the subject pronoun that corresponds to each subject. (If more than one subject pronoun is possible, give both subject pronouns.)*

1. Alicia y Eduardo leen el periódico. ____________
2. José Luis corre o anda en bicicleta. ____________
3. Tú y Roberto miran (miráis) televisión. ____________
4. Teresa, Pedro y yo jugamos a las cartas. ____________
5. Juana escucha música y descansa. ____________
6. Ana y Susana van de compras. ____________
7. Tú y tus amigos hablan (habláis) por teléfono. ____________

CE 1-3 El (La) estudiante típico(a). *Create sentences about the typical student at your school.*

Modelo ________ (trabajar) de voluntario(a) en sus ratos libres.
Trabajaja (No trabaja) de voluntario(a) en sus ratos libres.

1. ____________________ (saber) bailar.
2. ____________________ (asistir) a conciertos de música «rock».
3. ____________________ (hacer) mucho ejercicio.
4. ____________________ (tener) mucho tiempo libre.
5. ____________________ (vivir) en una residencia estudiantil.
6. ____________________ (manejar) a la universidad.
7. ____________________ (ir) a fiestas los fines de semana.
8. ____________________ (ser) muy tolerante con personas de otras culturas.
9. ____________________ (participar) en actividades políticas.
10. ____________________ (dormir) ocho horas por día.

CE 1-4 ¿Es usted un(a) estudiante típico(a)? *Create sentences about yourself, using the items from* **Ejercicio CE 1-3.**

Modelo ________ (trabajar) de voluntario...
Trabajo de voluntario(a) para Greenpeace.

Are you typical of students in your school? Why or why not?

CE 1-5 Actividades paralelas. *Form sentences, using the cues provided, to tell what the following people are doing.*

Modelo Pedro / estudiar / mientras / María / dormir
Pedro estudia mientras María duerme.

1. Los muchachos / ir a clase / mientras / Susana / practicar el piano

2. Juan / tocar la guitarra / mientras / sus hermanos / jugar al béisbol

____

____

3. Tú / escribir una carta / mientras / ella / escuchar música

____

____

4. Papá y mamá / dormir la siesta / mientras / yo / ver televisión

____

____

5. Nosotros / dar un paseo / mientras / él / escribir mensajes electrónicos

____

____

CE 1-6 En el parque central. *Describe the activities you see in this scene from a park on a holiday afternoon. (Note:* **pintar,** *to paint)*

1. Marta____
2. Luis____
3. Beatriz ____
4. Roberto y José____
5. María y Eduardo ____
6. Mario y Alberto____

NOMBRE ______________________ FECHA ________ CLASE ________

CE 1-7 La palabra apropiada. *Choose the correct word to complete each sentence.*

1. Juanita ______________ (toca / juega) el violín en la orquesta.
2. ¿Por qué no me ______________ (ayudas / asistes) con este ejercicio?
3. El vólibol es un ______________ (partido / juego) que practico mucho.
4. El profesor no ______________ (sabe / conoce) que tú y yo somos compañeros de cuarto, ¿verdad?
5. ¿ ______________ (Conoces / Sabes) tú la ciudad de Buenos Aires?
6. Quiero ______________ (manejar / navegar) por la Red esta noche.
7. No pensamos ______________ (ayudar / asistir) al teatro esta noche.
8. Mario ______________ (juega / toca) béisbol para el equipo de «Los Leones».
9. ¿Te gusta ______________ (manejar / navegar) autos grandes?
10. Me gustan los ______________ (partidos / regalos) al aire libre.

The Personal *A*

CE 1-8 En casa de Inés. *It's Saturday afternoon and you and some friends are at Inés's house, getting ready to go to a birthday party. Describe what's happening half an hour before you leave. Use the personal* **a** *when needed.*

Modelos
a. Anahí / buscar / Eduardo
Anahí busca a Eduardo.
b. Luis y yo / escribir / un poema para Ana Laura
Luis y yo escribimos un poema para Ana Laura.

1. Alejandro / cantar / una canción folklórica

____

2. yo / escuchar / Alejandro

____

3. Inés / llamar / una compañera de clase

____

4. el señor Méndez / leer / una revista

____

5. los muchachos / esperar / los músicos

____

6. nosotros / hacer / una piñata para la fiesta

____

7. ustedes / invitar / la prima de Ernesto

____

8. Ana Laura / echar / una siesta

____

CE 1-9 Minidiálogos. *Complete the following minidialogues with the personal* **a** *when appropriate.*

1. —¿Necesitas ________ Pablo?

   —No, necesito ________ su auto. Quiero ir al Club Atlético para ver ________ su hermana. Ella trabaja allí.

2. —¿Buscan ________ la profesora de guitarra?

   —No, buscamos ________ su oficina.

3. —Irene quiere invitar ________ su compañera de cuarto a tu fiesta de cumpleaños. ¿Te parece bien?

   —¡Sí, me parece muy bien! Ella puede traer ________ todas sus amigas, si quiere. ¡Vamos a comer y a bailar toda la noche!

Nouns and Articles

CE 1-10 ¿Masculino o femenino...? *To indicate the gender of the following nouns, supply the appropriate definite articles and then give the plural, as in the model.*

Modelo **el** problema; **los problemas**

1. ______ ciudad; ________________
2. ______ disco; ________________
3. ______ actriz; ________________
4. ______ mano; ________________
5. ______ examen; ________________
6. ______ día; ________________
7. ______ canción; ________________
8. ______ programa; ________________
9. ______ revista; ________________
10. ______ cine; ________________

NOMBRE ______________________ FECHA __________ CLASE __________

CE 1-11 ¿Cuál es el femenino de...?

1. ______ el bailarín; ______________
2. ______ el artista; ______________
3. ______ el compañero; ______________
4. ______ el joven; ______________
5. ______ el jugador; ______________
6. ______ el cantante; ______________

Definite and Indefinite Articles

CE 1-12 Fútbol soccer, fútbol rugby y fútbol americano. *Complete the paragraph with the appropriate definite or indefinite articles. Fill in every blank.*

_______ deporte que _______ latinoamericanos o europeos llaman fútbol no es _______ mismo que aquí tiene ese nombre. Cuando _______ latinoamericano quiere hablar del fútbol de Estados Unidos lo llama fútbol americano. Y cuando _______ norteamericano recuerda a Maradona, _______ gran jugador argentino, inmediatamente piensa en *soccer*. El *rugby* no tiene _______ popularidad de _______ otros dos deportes, pero cuenta también con muchos aficionados *(fans)*. Hoy día _______ tres deportes mencionados son totalmente independientes entre sí *(of each other)* y siguen reglas particulares *(their own rules)*. Pero si estudiamos _______ historia de los tres, descubrimos que el *soccer,* el *rugby* y el fútbol americano tienen _______ mismo origen. _______ fútbol *soccer* es _______ versión original de _______ otros dos. En esa versión original, uno no puede tocar _______ pelota *(ball)* con _______ manos. En 1823, en _______ partido que juegan los estudiantes de *Rugby College* (Inglaterra), _______ jugador decide levantar _______ pelota con _______ manos y avanzar con ella. Nace así el *rugby football.* Medio siglo más tarde, ciertas modificaciones en _______ reglas del *rugby* dan origen al fútbol americano. _______ primer partido del nuevo deporte tiene lugar en 1874 en Cambridge, entre _______ universidades de Harvard y McGill de Montreal (Canadá).

CE 1-13 ¿Quién es quién? *Answer each question using an indefinite article when necessary.*

Modelos ¿Quién es Antonio Banderas? (actor / español)
Es un actor español.

¿Quiénes son Pedro Martínez y Sammy Sosa? (jugadores de béisbol / dominicano)
Son jugadores de béisbol dominicanos.

1. ¿Quién es Seve Ballesteros? (golfista / español)

___

2. ¿Quiénes son Gloria Estefan y Jon Secada? (cantantes / cubanoamericano)

___

3. ¿Quiénes son Rita Moreno y Rosie Pérez? (actrices / puertorriqueño)

___

4. ¿Quién es Rubén Blades? (cantante y actor / panameño)

___

5. ¿Quiénes son Pablo Picasso y Salvador Dalí? (pintores / español)

___

6. ¿Quién es Carlos Santana? (guitarrista / mexicano)

___

7. ¿Quiénes son Tino Villanueva y Gary Soto? (poetas / mexicano-americano)

___

8. ¿Quién es Pedro Almodóvar? (director de cine / español)

___

9. ¿Quién es Isabel Allende? (escritora / chileno)

___

The Reflexive (1)

CE 1-14 Conversación entre amigos. *Complete the conversation between Raúl and Manuel using the correct present tense or infinitive form of one of the reflexive verbs below.*

aburrirse   divertirse   llamarse   reunirse

Modelo
RAÚL: ¿Qué hace Luis esta noche?
MANUEL: Asiste a una «peña» folklórica. Allí él **se reúne** con sus amigos y ellos cantan y **se divierten** ¡toda la noche!

RAÚL: ¿Cómo _______________ la canción que canta Luis?

MANUEL: _______________ «Adiós muchachos». Es un tango argentino muy famoso. Luis es un fanático del tango. Cuando (él) _______________ de estudiar, siempre canta tangos... Ahora practica para la «peña»...

RAÚL: Y tú, ¿qué haces cuando _______________?

MANUEL: Llamo a mis amigos y (nosotros) _______________ aquí o en la cafetería. Después vamos al cine y ¡lo pasamos muy bien!

RAÚL: Yo también siempre _______________ cuando voy al cine con mis amigos. Y ahora tengo una idea... ¿Por qué no vamos a ver *Evita*...?

MANUEL: ¡Buena idea! Dicen que es una película excelente. ¡Tú y yo vamos a _______________ mucho!

Vocabulario

CE 1-15 Sinónimos. *Match the words on the left with their synonyms on the right. Fill in the blank with the letter of the synonym.*

1. _______	bailar	a. decir
2. _______	canto	b. danzar
3. _______	actor	c. hablar
4. _______	querer	d. canción
5. _______	meditar	e. desear
6. _______	charlar	f. artista
7. _______	contar	g. pensar

CE 1-16 La palabra apropiada. *Complete the following sentences by circling the most appropriate word in each case.*

1. El profesor Silva no tiene auto porque no sabe (conducir / correr).
2. Hay algunos actores famosos que siempre (asisten / ayudan) a los pobres.
3. ¿(Juegas / Tocas) mucho al tenis?
4. No (conozco / sé) a la amiga de Marisa, ¿y tú?
5. Roberto (juega / toca) la guitarra ¡y también canta muy bien!
6. (Conocemos / Sabemos) que a usted le gustan los programas de juegos.
7. Tengo dolor de cabeza y voy a (beber / tomar) dos aspirinas.
8. ¿Qué días (asistes / ayudas) tú a la clase de español?

CE 1-17 París, París... *Read the following segments from "París, París," a short story by the Paraguayan writer Lucía Scosceria, and then answer the questions below by circling the correct or most probable answer.*

Sergio me ve. Sus ojos celestes se iluminan dando a su armónico rostro de ocho años un encanto singular. Le hago un guiño y viene alborozado a mis brazos. Mi nieto es curioso, inteligente y lo amo más que a los demás. Trato de que no se note mucho. Los domingos conversamos por horas cuando vamos a pescar. [...]
—Abuelito, yo quiero ir contigo a París.
—Deja de molestar a tu abuelo, Sergio.
—¡Pero yo también quiero conocer la torre Eiffel!
—No puedes ahora, mi amor, pero el año que viene iremos todos juntos, te lo prometo.
Le sonrío y se calla. Todos hablan al mismo tiempo. [...]
Otilia recoge los platos ayudada por su marido. Llevo a Sergio a su dormitorio. Contamos juntos las estrellas que se ven desde la ventana abierta, pero antes de acabar la cuenta, se duerme. [...]
El reloj rompe el silencio de la noche con una melodía que me recuerda juegos de mi niñez. "En el puente de Avignon, todos cantan, todos cantan..." y lentas, pausadas, las doce campanadas.

1. ¿Quién describe la escena?

   a. Sergio b. Otilia c. el abuelo de Sergio

2. ¿Cuántos años tiene Sergio?

   a. diez años b. ocho años c. dieciocho años

3. ¿Qué día de la semana charlan mucho Sergio y su abuelo?

   a. los sábados b. los domingos c. los lunes

4. ¿Qué les gusta hacer los domingos?

   a. charlar y pescar b. comer y bailar c. escuchar música

5. ¿Adónde quiere ir Sergio con su abuelo?

   a. a Francia b. a España c. a Avignon

6. En particular, ¿qué quiere conocer Sergio?

   a. el puente de Avignon b. todo París c. la torre Eiffel

7. ¿Quién es Otilia, probablemente…?

   a. la abuela de Sergio b. la mamá de Sergio c. la hermana de Sergio

8. ¿Quién ayuda a Otilia a recoger los platos?

   a. su esposo b. su padre c. su hijo

9. ¿Qué va a hacer Sergio en su dormitorio?

   a. va a patinar b. va a dormir c. va a mirar televisión

10. ¿A qué hora escucha el abuelo la melodía que le recuerda juegos de su niñez?

   a. a la madrugada b. a mediodía c. a medianoche

Repaso

CE 1-18 Conversación. *Complete the following conversation.*

ANA: Vamos a la fiesta de Juan, ¿de acuerdo?

PABLO: ____.

ANA: ¿Estudiar? ¿Para qué? No hay exámenes mañana.

PABLO: Pues, está bien. Pero ¿qué vamos a hacer allí?

ANA: ____.

____. Y quiero presentarte a Silvia, una amiga.

(Más tarde, en la fiesta.)

ANA: Silvia, ____.

Y Pablo, ____.

SILVIA: ____.

PABLO: ____.

SILVIA: ¿Quieres ____, Pablo?

PABLO: No, gracias. No tengo sed. ¿Y tú?

SILVIA: Estoy bien.

PABLO: ¿Te gusta bailar, Silvia?

SILVIA: Sí, me gusta mucho. Y esta música ______________________________.

PABLO: Es de Celia Cruz. A mí también me gusta mucho. ____________________, ¿de acuerdo?

SILVIA: ____

CE 1-19 Temas alternativos. *Choose one of the following topics and write about it.*

ATAJO	
Grammar	verbs: present
Vocabulary	beach, food: drinks [B], food: pastry [B], leisure, media: television and radio, musical instruments, sports
Phrases	describing places, talking about the present, writing a letter (informal) [A]

A. Una carta. *Write a letter to a friend in Spain. Tell him or her what activities you and your friends do for fun on weekends. Remember to include some sort of greeting to open the letter (e.g., How are you? How are things going?).* **Querido(a)** *means "Dear," and* **Con cariño** *means "Affectionately."*

Querido(a) ____________________ (nombre de la persona):

____

____

____

____

____

____

____

____

____

____

____

Con cariño,

____

(su nombre)

NOMBRE ______________________ FECHA __________ CLASE __________

B. Una fiesta de cumpleaños. *Describe the birthday party you see in the painting* "Barbacoa para cumpleaños" *by the Mexican-American painter Carmen Lomas Garza. Write a paragraph of about 8-10 sentences (approximately 60-80 words), using at least 6 (six) of the following verbs:* **charlar, bailar, correr, jugar, divertirse, mirar, comer, celebrar, descansar.**

____

____

____

____

____

____

____

____

____

____

____

____

NOMBRE ______________________ FECHA __________ CLASE __________

CAPÍTULO **2**

Vejez y juventud

The Preterit Tense

CE 2-1 ¡Feliz cumpleaños, Marisa! *Yesterday Marisa turned twenty-one. Form sentences in the preterit to tell how she spent her birthday.*

Modelo Marisa / cumplir veintiún años ayer
Marisa cumplió veintiún años ayer.

1. ella / tener un día maravilloso y recibir muchos regalos

 ____

2. sus amigos / celebrar su cumpleaños con una fiesta sorpresa

 ____

3. ellos / también invitar a su compañera de cuarto y traer la comida y las bebidas

 ____

4. la fiesta / empezar alrededor de las once de la noche y terminar ¡cerca de las cinco de la mañana!

 ____

5. Marisa y sus amigos / comer, beber ¡y bailar toda la noche!

 ____

CE 2-2 Las posadas. *In Mexico, the* **posadas** *(literally,* inns*) is a celebration that lasts for nine consecutive nights, beginning on December 16. People take the roles of Joseph and Mary and go from house to house singing songs and asking for lodging for the Christ child. On the last night, Christmas Eve, there is a big celebration. Find out what took place last Christmas Eve in Sonia's neighborhood by changing her sentences to the past, using the preterit. Follow the model.*

Modelo Vamos en procesión a la casa de los padrinos (los que pagan la fiesta).
Fuimos en procesión a la casa de los padrinos.

1. Llevamos velas (o candelas).

____

2. Un señor y una señora hacen el papel de José y de María, respectivamente.

____

____

3. Llegamos a la casa de los padrinos; «José» y «María» tocan a la puerta.

____

4. Piden alojamiento (*lodging*) en la «posada».

____

5. El padrino acepta y entramos todos.

____

6. Sirven una gran cena; ponen tamales y un pavo (*turkey*) muy grande en la mesa.

____

____

7. Yo como, bebo y me divierto mucho.

____

8. El tío Carlos trae una piñata para los niños.

____

9. Mucha gente va a misa (*mass*) y canta canciones religiosas.

____

NOMBRE ________________________ FECHA __________ CLASE __________

The Imperfect Tense; Contrast between the Preterit and the Imperfect

CE 2-3 Una boda inolvidable... *It was Valeria's wedding day and the groom was missing. Complete the paragraph with the appropriate imperfect tense forms of the verbs in parentheses to find out what happened and why he was not there.*

________ (1. Ser) casi las once de la mañana y la iglesia ________ (2. estar) llena de gente. ________ (3. Haber) flores por todas partes y ________ (4. hacer) un tiempo espléndido. Valeria y sus padres, sin embargo, ________ (5. estar) muy nerviosos y preocupados. La boda ________ (6. deber) empezar en cinco minutos y el novio no ________ (7. llegar). ¿Qué ________ (8. pasar)? ¿Por qué no ________ (9. venir) Ricardo? ¡Por fin, después de muchos minutos de tensión, apareció el novio! Ricardo pidió perdón y explicó: «Es que unos amigos y yo ________ (10. mirar) un partido de fútbol muy emocionante en la televisión».

CE 2-4 Combine las frases. *Combine the sentences using the imperfect and preterit, following the model.*

Modelo Miramos televisión. Susana llega.
Mirábamos televisión cuando Susana llegó.

1. Son las diez. Tú llamas por teléfono.

   ____

2. Estás con Marta. Viene tu primo.

   ____

3. Van a la universidad. Tienen el accidente.

   ____

4. Duermen. Sus hijos llevan el auto al mecánico.

   ____

5. Pensamos en Juan. Recibimos una carta de él.

   ____

6. Vivo en Venezuela. Mueren mis bisabuelos.

   ____

CE 2-5 Soltera y sin compromisos. *To know my story, complete the following paragraph by circling the preterit or imperfect form of each verb, as appropriate.*

Yo (1. tuve / tenía) dieciocho años cuando (2. conocí / conocía) a Miguel. Él (3. fue / era) judío y sus padres (4. fueron / eran) muy religiosos. Mi familia y yo (5. fuimos / éramos) católicos pero no (6. fuimos / íbamos) mucho a la iglesia. A pesar de nuestras diferencias, Miguel y yo nos (7. llevamos / llevábamos) muy bien. Los fines de semana generalmente (8. fuimos / íbamos) al parque: (9. caminamos / caminábamos), (10. charlamos / charlábamos) y, a veces, (11. corrimos / corríamos) unas millas juntos. Un sábado, sin embargo, nosotros (12. decidimos / decidíamos) ir al cine. (13. Fuimos / Íbamos) a ver una película sobre la vida del Mahatma Gandhi. A los dos nos (14. gustó / gustaba) mucho la película pero esa experiencia (15. tuvo / tenía) consecuencias importantes para los dos. Realmente no sé qué pasó en el cine pero ésa (16. fue / era) la última vez que (17. vi / veía) a mi novio. Dos días después, Miguel me (18. llamó / llamaba) desde el aeropuerto para despedirse. Según él, (19. quiso / quería) trabajar de voluntario en Calcutta durante un tiempo antes de empezar sus estudios universitarios. Ayer (yo) (20. recibí / recibía) una carta de él. Todavía está en Calcutta y está muy contento con su trabajo. No menciona cuándo piensa regresar. Por mi parte, yo (21. empecé / empezaba) la universidad en septiembre, pero todavía estoy aquí, soltera y sin compromisos.

CE 2-6 Breves conversaciones. *Complete the conversations with the appropriate preterit or imperfect form of* **saber** *or* **conocer.**

1. —Anoche (yo) ____________________ a un estudiante chileno muy interesante.

   —¿Ah, sí? ¡Qué bien! ¿Y dónde lo ____________________ (tú), Ana?

   —En la boda de mi primo Hugo. (Tú) ____________________ que mi primo se iba a casar, ¿no?

   —No, no lo ____________________. Pero dime, ¿cómo se llama el chileno...?

2. —¿Qué hay de nuevo, Silvia?

   —Pues, parece que Francisco y Marta se van a divorciar.

   —¿En serio? ¿Y cuándo ____________________ (tú) eso?

   —La semana pasada, aunque (yo) ya ____________________ que las cosas no marchaban bien entre ellos.

   —¡Qué lástima! Tú y Marta son muy buenas amigas, ¿no?

   —Sí, fuimos compañeras de cuarto en la universidad. (Yo) ____________________ a Marta en 1990 y recuerdo que ella ____________________ a Francisco en la primavera de 1991. ¡Parecían tan felices juntos...!

NOMBRE ______________________ FECHA __________ CLASE __________

Hacer + Time Expressions

CE 2-7 ¿Cuánto tiempo hace...? *Based on your own experience, answer in two ways, following the models.*

Modelo a. ¿Cuánto tiempo hace que estudia español?
Hace un año (dos años...) que estudio español.
Estudio español desde hace un año (dos años...).

1. ¿Cuánto tiempo hace que vive en esta ciudad (o: este campus)?

____

2. ¿Cuánto tiempo hace que conoce a su profesor(a) de español?

____

3. ¿Cuánto tiempo hace que no ve a sus abuelos (o: su mejor amigo[a])?

____

4. ¿Cuánto tiempo hace que escribe estos ejercicios (del Capítulo 2)?

____

Modelo b. ¿Cuánto tiempo hace que llamó a su mamá (papá...)?
Hace una hora (tres días...) que llamé a mi mamá (papá...).
Llamé a mi mamá (papá...) hace una hora (tres días...).

5. ¿Cuánto tiempo hace que terminó la escuela secundaria (o: primaria)?

____

____

6. ¿Cuánto tiempo hace que cumplió quince años?

____

____

7. ¿Cuánto tiempo hace que conoció a su mejor amigo(a) (o: novio[a]...)?

____

____

8. ¿Cuánto tiempo hace que supo la verdad sobre Santa Claus?

____

____

CE 2-8 ¿Cuánto tiempo hacía...? *Answer following the model.*

Modelo ¿Cuánto tiempo hacía que leías cuando ella llegó? (dos horas)
Hacía dos horas que leía cuando ella llegó.

1. ¿Cuánto tiempo hacía que Antonio tenía cáncer cuando murió? (dos años)

____

____

2. ¿Cuánto tiempo hacía que ustedes esperaban cuando empezó el concierto? (veinte minutos)

____

____

3. ¿Cuánto tiempo hacía que dormías cuando escuchaste el teléfono? (media hora)

____

____

4. ¿Cuánto tiempo hacía que íbamos a la universidad cuando conocimos a Ana? (un mes)

____

____

CE 2-9 Entrevista. *You are about to interview a Spanish-speaking student at your school. Write at least five questions you would ask him or her, using* **hace (hacía)** *plus a time period. Ideas: how long the student has been in this country, how long ago did he or she come to the university, what was he or she doing a year ago, if he or she has studied English for a long time, how long since he or she has talked to a family member.*

____

____

____

____

____

____

____

____

Vocabulario

CE 2-10 Una reunión familiar. *Mónica is introducing her friend Pablo to people in her family and describing her various relatives. Complete her sentences with the missing words for family members.*

1. Pablo, te quiero presentar a mi prima Raquel; es la ________________ de mis tíos Alicia y Diego.
2. Aquí están los padres de Raquel: Alicia, su ________________, y Diego, su ________________.
3. Raquel tuvo un bebé en agosto y entonces ahora Alicia y Diego ¡son ________________!
4. La hija de Raquel se llama Patricia; Alicia y Diego están muy orgullosos (*proud*) de su nueva ________________.
5. Éstas son Cristina y Marta, mis dos hermanas. Marta se casó en septiembre y éste es Guillermo, antes su novio y ahora su ________________.
6. Nuestro ________________ Antonio no pudo venir. Es el hijo de tía Rosa y de tío Carlos. Sólo tuvieron un hijo, así que Antonio no tiene ________________.
7. Mamá quiere mucho a su ________________ Antonio; es hijo único de su hermana Rosa.
8. La abuela de mamá, mi ________________, murió hace poco; ¡tenía 98 años! Pero como puedes ver, tengo muchos parientes muy simpáticos.

CE 2-11 Antónimos. *Match the words on the left with their antonyms on the right. Fill in the blank with the letter of the antonym.*

1. _______	vejez	a. muerte
2. _______	soltero	b. juventud
3. _______	recuerdo	c. boda
4. _______	divorcio	d. casado
5. _______	nacimiento	e. olvido
6. _______	pregunta	f. respuesta
7. _______	anciano	g. joven

CE 2-12 La palabra adecuada. *Choose the correct word to complete the following sentences.*

Modelo solo / sólo / único
Eduardito **sólo** tenía nueve años cuando viajó **solo** a Buenos Aires.

1. conocía / preguntaba / sabía

   ¿_________________ usted que ella _________________ Madrid?

2. pedimos / preguntamos / dimos

   Nosotros _________________ si tenían vino pero sólo _________________ agua.

3. padres / parientes / preguntas

   Tengo muchos _________________ pero sólo dos _________________.

4. está embarazada / está avergonzada / está casada

   Hace sólo once meses que Amalia _________________ y ya _________________ de ocho meses.

5. matrimonio / marido / padrastro

   Ella no tiene problemas en su _________________ porque su _________________ es muy bueno.

6. solo / soltero / único

   Roberto no tiene hermanos; es hijo _________________ y vive _________________, cerca de la casa de su madre viuda.

7. boda / casamiento / matrimonio

   El _______ Pérez llegó tarde a la _______.

8. sabes / conoces / preguntas / pides

   Si no _______ la ciudad, ¿por qué no _______ dónde podemos comprar un mapa...?

NOMBRE _______________________________ FECHA ________ CLASE ___________

CE 2-13 Un día inolvidable. *Read the following account of Victoria González's 90th birthday party as remembered and retold by one of her granddaughters, co-author of this textbook, and then answer the questions below by circling the correct or most probable answer.*

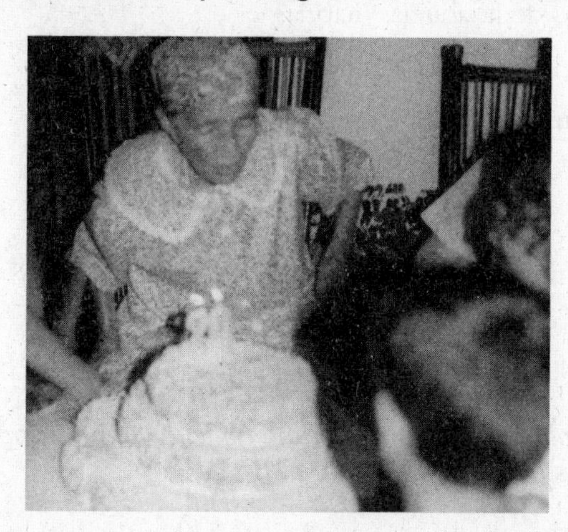

Mi abuela Victoria cumplió 90 años el 23 de diciembre de 1993. Como era un cumpleaños importante, decidí organizarle una fiesta sorpresa y celebrar su día en Asunción (Paraguay), su patria chica, donde ella nació, creció y vivió toda su vida. La idea era reunir a toda la familia en la casa donde vivía mi abuela con mi madre, uno de mis hermanos y una sobrina. El problema era que yo, la organizadora del evento, vivía muy lejos, en el área de Boston (Estados Unidos). Sin embargo, como dice un refrán *(saying)*, "cuando se quiere, se puede". Y yo realmente quería hacerle ese regalo especial —una fiesta inolvidable— a mi abuela por varias razones: era mi abuela favorita, era la única abuela que ya tenía —mis otros tres abuelos murieron relativamente jóvenes y mucho antes de 1993— y yo era su nieta mayor. El 19 de octúbre, dos meses antes de mi viaje a Asunción, empecé a ponerme en contacto con mis hermanos, primos, tíos, sobrinos y otros parientes que vivían allí, en Asunción, por la simple razón de que ellos eran quienes más podían ayudarme y me ayudaron. Otro pequeño problema era que uno de mis hermanos vivía en Buenos Aires (Argentina) y otro en Ciudad de México. Por suerte, el cumpleaños de mi abuela era justo ¡un día antes de Nochebuena y dos días antes de Navidad! Gracias a eso fue fácil para mis hermanos, y también para mí —que soy profesora de español en una universidad de Nueva Inglaterra— viajar a Asunción y celebrar con toda la familia los 90 años de mi abuela Victoria. La fiesta sorpresa fue un éxito *(success)* total. La casa estaba llena de gente porque tenemos una familia muy grande: asistieron más de cien personas, todos parientes y algunos amigos muy íntimos. Mi abuela estaba feliz y en esa ocasión le prometí que al cumplir los 100 años, le íba a organizar otra fiesta aún más grande. Yo volví a Boston el 30 de diciembre para celebrar con mi familia —mi esposo y mi hijo— el año nuevo. Desgraciadamente, no pude cumplir la promesa que le hice a la abuela en su cumpleaños número 90 porque ella murió unos años antes de cumplir los 100 años. Tengo sí muchos lindos recuerdos y fotos de aquel 23 de diciembre de 1993.

1. ¿Dónde nació, creció y vivió Victoria González?
   a. en Buenos Aires   b. en Asunción   c. en Ciudad de México
2. ¿Quién organizó la fiesta sorpresa para el cumpleaños número 90 de Victoria Gonzáles?
   a. una de sus nietas   b. uno de sus hijos   c. uno de sus sobrinos
3. ¿Cuál de las tres co-autoras de *En contacto* es la nieta de Victoria González?
   a. Mary McVey Gill   b. Brenda Wegmann   c. Teresa Méndez-Faith
4. ¿Con quién vivía la abuela Victoria?
   a. con una hermana   b. sola   c. con una hija y dos parientes más
5. ¿Desde dónde tuvo que organizar la fiesta de cumpleaños la narradora?
   a. desde Buenos Aires   b. desde Asunción   c. desde el área de Boston

6. ¿Por qué quería la narradora hacerle ese regalo tan especial a su abuela?
   a. porque era la nieta menor b. porque era la única nieta c. porque era la nieta mayor
7. ¿Cuándo empezó la narradora a ponerse en contacto con sus parientes de Asunción?
   a. el 23 de diciembre b. el 19 de octubre c. el 30 de diciembre
8. ¿Cuántas personas asistieron a la fiesta de cumpleaños de la abuela Victoria?
   a. menos de cien b. cien c. más de cien
9. ¿Qué le prometió la narradora a su abuela para su cumpleaños número 100?
   a. otra fiesta similar b. un viaje grande c. otra fiesta más grande
10. ¿Cuándo murió la abuela de la narradora?
   a. cuando cumplió 100 años b. antes de cumplir 100 años c. después de cumplir 100 años

Repaso

CE 2-14 Un abuelo, un nieto y un burro. ***Complete the following story about the difficulty of pleasing everyone with the correct preterit or imperfect tense forms of the verbs in parentheses.***

Hace mucho tiempo ________________ (1. vivir) en España un anciano muy bueno. Él ________________ (2. tener) un nieto que ________________ (3. llamarse) Pepito. Un día Pepito y su abuelo ________ (4. ir) al mercado a vender algunos vegetales. Ellos ________________ (5. poner) la bolsa *(bag)* de vegetales sobre un burro y los dos ________________ (6. empezar) a caminar hacia *(toward)* el mercado. (Ellos) ________________ (7. pasar) por un pueblo cuando ________________ (8. oír) que unos hombres ________________ (9. reírse) de verlos caminar en vez de usar el burro como medio *(means)* de transporte. El viejo ________________ (10. pensar) unos minutos y le ________________ (11. decir) al nieto que ________________ (12. poder) montar *(ride)* el burro si él lo ________________ (13. querer). Pepito ________________ (14. subirse *[to get on]*) al burro pero antes de llegar al mercado ellos ________________ (15. ver) que un matrimonio los ________________ (16. mirar) insistentemente. Esta vez el niño ________________ (17. bajarse) del burro y el abuelo lo ________________ (18. montar). Muy pronto ellos ________________ (19. escuchar) más comentarios. Una señora ________________ (20. hablar) con su hija, y le ________________ (21. decir) que a ella le ________________ (22. parecer) muy cruel ver a un niño andar tantos kilómetros todos los días mientras su abuelo ________________ (23. ir) en el burro. Después de escuchar tantas críticas el abuelo le ________________ (24. dar) un consejo al nieto. Él le ________________ (25. decir) que ________________ (26. ser) muy difícil satisfacer a todo el mundo al mismo tiempo. Lo mejor que uno _______________ (27. poder) hacer _______________ (28. ser) tratar de actuar siempre correctamente. También le _______________ (29. aconsejar) que si él _______________ (30. querer) gozar de buena salud mental no _______________ (31. deber) tratar de dar gusto a todo el mundo porque eso _______________ (32. ser) imposible.

CE 2-15 Cuando yo era niña... ***Complete the following paragraph with the preterit or imperfect of the verbs in parentheses, as appropriate. Then, use your imagination to finish the story. Add four or five more sentences to give your personal account of what happened.***

Cuando yo _______________ (1. tener) nueve años, todos los fines de semana mi hermano Tony y yo _______________ (2. visitar) a nuestros abuelos. Allí, ellos siempre nos _______________ (3. esperar) en la puerta y nos _______________ (4. recibir) con los brazos abiertos. Abuela _______________ (5. preparar) unos postres deliciosos y todos los sábados (ella) _______________ (6. hacer) arroz con leche porque _______________ (7. saber) que ése _______________ (8. ser) nuestro postre favorito. Un día yo _______________ (9. tener) que ir sola porque Tony _______________ (10. estar) enfermo. Cuando (yo) _______________ (11. llegar) a la casa de mis abuelos, (yo) _______________ (12. ver) que la puerta _______________ (13. estar) cerrada. Durante unos minutos no supe qué hacer ni cómo reaccionar. De repente (*Suddenly*), (yo) _______________ (14. escuchar) un ruido muy extraño y...

____

____

____

____

____

____

____

____

CE 2-16 Temas alternativos. *Choose one of the following topics and write about it.*

Grammar	verbs: preterit, preterit and imperfect, preterit (irregular)
Vocabulary	family members
Phrases	describing people, describing places [B], describing the past, talking about habitual actions [A], talking about past events

A. Mi niñez. *Write a paragraph about your childhood. You can talk about things you did regularly as a child, about your family relationships, or whatever you like, but be sure to use past-tense verb forms.*

B. La boda de... *Describe the first wedding (or any other) you remember attending. You can talk about how old you were, whose wedding it was, where and when it took place, and two or three things you remember most about that day. Don't forget to use past-tense verb forms. If possible, include a photo of the wedding (or a copy of it) when you hand in this composition.*

NOMBRE ______________________ FECHA __________ CLASE __________

CAPÍTULO **3**

Presencia latina

Agreement of Adjectives

CE 3-1 ¡Una semana maravillosa! *Ana María has just come back from a week's vacation in Miami. To find out what she did, read the following sentences from her diary, filling in the correct forms of the adjectives in parentheses.*

Modelo Visité barrios **modernos** (moderno).

1. Conocí lugares muy __________________ (lindo).
2. Tuve aventuras __________________ (interesante).
3. Hice viajes __________________ (corto).
4. Comí en restaurantes __________________ (típico).
5. Caminé por calles __________________ (antiguo).
6. Fui a fiestas __________________ (magnífico).
7. Escuché modismos __________________ (cubano).

Position of Adjectives

CE 3-2 Un viaje imaginario. *Imagine that you have just returned from Puerto Rico and your Spanish instructor wants to know about your trip. Answer the questions using the correct forms of the adjectives in parentheses, in the order given.*

Modelo ¿Llevó maletas? (uno, pequeño)
Sí, llevé una maleta pequeña.

1. ¿Compró regalos? (varios, típico)

   Sí, ____.

2. ¿Salió con amigos? (tres, puertorriqueño)

Sí, ____.

3. ¿Visitó museos? (dos, impresionante)

Sí, ____.

4. ¿Estuvo en una iglesia (*church*)? (antiguo, maravilloso)

Sí, ____.

5. ¿Vio parques en San Juan? (mucho, pintoresco)

Sí, ____.

CE 3-3 Una carta a mamá. *Catita is writing to her mother from Mexico; complete her letter with the correct forms of the adjectives in parentheses, putting them in the proper place.*

Modelo Anoche cené en __un__ restaurante __moderno y elegante__ (moderno, uno, elegante).

Querida mamá:

Después de manejar durante ____________ horas ____________ (ocho) llegué ayer a la ____________ ciudad ____________ (mexicano, primero) donde pienso pasar ____________ días ____________ (varios) antes de continuar hacia el sur.

La mayoría de los hoteles estaban llenos *(full)*. Por eso dormí en el ____________ hotel ____________ (único) que tenía ____________ cuartos ____________ (libre *[free]*).

Hoy caminé por las ____________ calles más ____________ (dos, importante) y compré ____________ poncho muy ____________ (uno, lindo). También fui al ____________ correo *(post office)* ____________ (central) y le mandé a Pepito ____________ maleta ____________ (grande, uno) con ____________ juguetes *(toys)* ____________ (típico, mucho).

Y ahora te dejo hasta tener más noticias que contarte.

Un beso grande de tu hija,

Catita

Ser versus *Estar; Ser* and *Estar* with Adjectives

CE 3-4 Preguntas y respuestas. *Answer in the present tense, using* **ser** *or* **estar**.

Modelo ¿Las maletas?... ¿en el avión?
Sí, las maletas están en el avión.

1. ¿Buenos Aires?... ¿la capital de Paraguay?

   No, ____.

2. ¿Los viajeros?... ¿en el aeropuerto?

   Sí, ____.

3. ¿La cita con el profesor?... ¿a las nueve?

   No, ____.

4. ¿Óscar y Eduardo?... ¿en una fiesta cubana?

   Sí, ____.

5. ¿El pasaporte de Ana?... ¿sobre el piano?

   No, ____.

6. ¿La mesa nueva?... ¿de madera?

   Sí, ____.

CE 3-5 Nombres y datos del mundo hispano. *Using the correct present or preterit forms of* **ser** *or* **estar**, *create ten true statements by linking a subject from column A with an appropriate ending from column B. (Some subjects could take more than one ending.)*

Modelos **Buenos Aires está en Argentina.**
Gloria y Emilio Estefan son cantantes cubanoamericanos.

A

la primera celebración navideña
Martín Argüelles
Sandra Cisneros y Oscar Hijuelos
Isabel Allende
Gloria y Emilio Estefan
unos 40 millones de latinos
Buenos Aires
Puerto Rico
los puertorriqueños
las oficinas de Telemundo y Univisión

B

un «Estado Libre Asociado»
en Miami, Florida
la capital de Argentina
ciudadanos estadounidenses
escritores hispanos
de Chile
cantantes cubanoamericanos
en EE.UU. y viven en Miami, Florida
en Argentina
el primer bebé europeo nacido en América
en América del Sur
en San Agustín, Florida, en 1539
en el Caribe
ciudadanos o residentes legales de EE.UU.

1. ____

2. ____

3. ____

4. ____

5. ____

6. ____

7. ____

8. ____

9. ____

10. ____

CE 3-6 Más con *ser* y *estar*... *Complete the paragraph with a present-tense form of* **ser** *or* **estar** *as appropriate.*

El profesor Torres y su familia ______________ de Chile pero ______________ en Estados Unidos desde 1984. Todos ellos ______________ muy agradables. Los señores Torres tienen cuatro hijos. Diana ______________ la hija mayor *(oldest)*. Ella ______________ muy simpática. Ahora ______________ en la universidad. ______________ estudiante de medicina. También su hermano José ______________ en la universidad. Él ______________ alto y atlético como su padre. María y Pepito ______________ los «bebés» de la familia. Ellos ______________ mellizos *(twins)* y tienen doce años. Los dos ______________ en la misma clase y ______________ muy buenos amigos. Diana y yo ______________ compañeras de cuarto y personalmente yo ______________ muy contenta de vivir con ella. ¡Ella ______________ hispana y yo ______________ estudiante de español! ¡El español ______________ ahora mi lengua extranjera favorita!

Demonstratives

CE 3-7 Miniconversaciones. *Complete the conversations with an appropriate demonstrative adjective or pronoun.*

1. —Felipe, ¿me puedes pasar ______________ revista que tienes allí cerca? Quiero verla.

   —¿______________? Cómo no. Aquí la tienes.

2. —¿Dónde hay un buen restaurante?

   —Bueno, ______________ de allí enfrente de nosotros no es muy bueno. Le aconsejo que vaya allá lejos; en ______________ restaurante la comida es excelente.

3. —¿Hay un banco en ________________ pueblo?

—Claro que sí. Hay uno en la calle principal.

—¿Y dónde está la calle principal?

—Es ________________ que se ve allá lejos, al otro lado del parque; se llama Independencia.

4. —¿Por qué quiere trabajar aquí en ________________ fábrica?

—Porque hay muchas oportunidades para salir adelante. También porque vivo en ________________ barrio, aquí cerca.

—¿Cuál de ________________ formularios es el suyo?

—________________, el que usted tiene en la mano derecha.

Possessives: Adjectives; Pronouns

CE 3-8 Extraño todo... *Mariano talks about how he arrived in the United States, as well as who and what he misses the most. Complete his story with possessive adjectives (short or long forms) or pronouns, as appropriate.*

Soy de Guatemala y llegué a este país hace dos años. _____ (1) esposa y _______ (2) hijos todavía están allá, con _______ (3) hermano y _______ (4) familia [de él]. El papá de _____ (5) esposa [de mi hermano] es un activista indígena y _______ (6) vida [de él] siempre está en peligro *(danger)*. En realidad, ____________ (7) vidas [de mí y de mi familia] siempre están en peligro porque somos de origen indígena y muy pobres. Por eso decidí venir al "norte", aquí a Estados Unidos, para trabajar y después poder traer a ______ (8) familia y también a la ________ (9) [familia de mi hermano]. El problema es que yo estoy aquí ilegalmente y voy a tener que pagar mucho dinero para traer a los ________ (10) [mi esposa y mis hijos] primero y más tarde también a los __________ (11) [hijos y esposa de mi hermano]. La semana pasada llegó aquí un amigo _________ (12) [de mí] con toda _____ (13) familia [de él] y eso me hizo decidir a no esperar más y a hacer lo imposible para traerlos a todos lo antes posible. La verdad es que desde hace un tiempo me siento muy solo y extraño todo y a todos: ____ (14) país, _______ (15) clima [de mi país] y ______ (16) noches de verano [de mi país], pero en particular extraño a _________ (17) esposa y a _____________ (18) hijos [de nosotros dos]. ¡Estoy ansioso por tenerlos aquí conmigo!

CE 3-9 ¿Y tú? *Create short exchanges using the long forms of the possessive adjective. There are many possible answers.*

Modelo ¡Hola! Soy Miguel.
Mi lengua materna es el español. **¿Y la tuya?**
La mía es el inglés.

1. Mi país natal *(native)* es El Salvador. ¿ ________________________________?
____
2. Mis hermanos están en San Salvador ahora. ¿ ________________________________?
____
3. Nuestra familia es muy unida. ¿ ________________________________?
____
4. Mis abuelos ya no viven. ¿ ________________________________?
____
5. Mis clases son muy interesantes. ¿ ________________________________?
____
6. Pero mi trabajo es aburrido. ¿ ________________________________?
____

Vocabulario

CE 3-10 ¡Un viaje increíble! *Complete the story by filling in the blanks with appropriate words from the following list.*

antepasados	emigración	natal	primer
antiguo	empleo	nuestro	única
ciudadano	estadounidense	persecución	

En 1976 llegó a Washington, D.C., un viajero muy interesante. Un (1) ______________ argentino llamado Alberto Baretta realizaba con ese viaje una aventura (2) ______________ en la historia de América. Alberto no vino con la idea de volver a su país (3) ______________ después de dos o tres semanas de vacaciones. Tampoco vino por falta de (4) ______________ o por (5) ______________ política. Su viaje duró cinco años porque decidió usar un medio de transporte muy (6) ______________. ¡Este gaucho *(cowboy)* argentino viajó a caballo! Empezó su viaje en Uruguay y después de pasar por catorce países de (7) ______________ continente, llegó finalmente a Washington, D.C., donde fue recibido por el presidente (8) ______________. Después, salió para

España, donde quería dejar su caballo Queguay, cuyos (9) ________________ eran los caballos de Europa que hicieron posible la conquista. Queguay fue probablemente el (10) ________________ caballo que de manera tan simbólica volvía a la madre patria después de casi cinco siglos de (11) ________________ histórica.

CE 3-11 La palabra apropiada. *Complete the following sentences by circling the most appropriate word in each case.*

1. En Nueva York, la (mayoría / minoría) de la población hispana es puertorriqueña.
2. *Spanglish* es una película linda y divertida, pero es muy (grande / larga).
3. El examen de español fue fácil y (bajo / corto).
4. ¿Crees que los hispanos sufren (discriminación / adaptación) en Estados Unidos?
5. Anoche miré un programa de televisión muy (grande / largo) pero también ¡muy interesante!
6. Yo soy un poco (bajo / corto) pero... ¡inteligente, guapo y divertido!

CE 3-12 Habla Sandra Cisneros. *Read the following excerpts from an interview with Chicano writer Sandra Cisneros, author of* La casa en Mango Street, *and then answer the questions below by circling the correct or most probable answer.*

EL MUNDO LIBRO: ¿Por qué y para quién escribe Sandra Cisneros?

SANDRA CISNEROS: Al principio empecé a escribir a escondidas. Soy la única hija de una familia de varones e iba a una escuela de monjas con mucho carácter; eran muy "enojonas" y, quizás, no viesen bien que me dedicase a escribir. Por eso, al principio tenía miedo de compartir mi poesía, que era parte de mi alma. Mi primera novela surgió en un momento de crisis. Empecé a trabajar como profesora en un instituto muy pobre. Muchos de mis alumnos habían dejado de estudiar porque tenían muchos problemas. Entonces comencé a preguntarme el sentido de la literatura. [...]. Me sentí inútil ya que mis conocimientos en nada podían ayudar a jóvenes con tantos problemas. Pese a todo, empecé a escribir porque no sabía qué hacer. Estoy muy contenta porque lo que escribí entonces se usa ahora en institutos como aquél y ha motivado a muchos chicos a seguir estudiando.

EML: ¿Quién le pone más dificultades al ascenso profesional y social de una mexicana en EEUU, su propia familia, o la sociedad norteamericana?

SANDRA CISNEROS: Bueno, un poco de ambas. Para mí fue muy complicado empezar mi carrera profesional. Tuve que romper con muchas de las esperanzas de mis padres, que no podían comprender que saliese de mi casa sin un marido que me diese hijos, ni que hiciese algo por lo que no me pagaban. Para mí la literatura fue una obsesión desde pequeña y luché para conseguirlo. También tuve que superar muchos prejuicios raciales y batallar mucho para que mi literatura fuese reconocida. Al principio sólo podía publicar en pequeñas editoriales feministas chicanas [...]. Incluso mi primera novela fue publicada en una editorial pequeña [...].

Vocabulario: **a escondidas** *secretamente;* **monjas** *nuns;* **compartir** *to share;* **Pese a** *In spite of;* **luché** *I fought;* **conseguirlo** *to get it;* **superar** *to overcome;* **editorial** *publishing house*

1. Sandra Cisneros...

   a. tiene una hermana. b. es hija única. c. es la única hija mujer.

2. Cuando niña, ella asistía a una escuela...

   a. católica. b. pública. c. sólo para niñas.

3. Al principio ella escribía a escondidas porque tenía miedo de la reacción de...

   a. sus padres. b. las monjas. c. su profesora de inglés.

4. Su primera novela nació en un momento...

   a. feliz de su vida. b. de inspiración. c. de crisis.

5. Empezó a trabajar como profesora en un...

   a. instituto pobre. b. instituto privado. c. colegio de monjas.

6. Sus estudiantes tenían...

   a. muchos hermanos. b. mucho dinero. c. muchos problemas.

7. Según Cisneros, dos factores que dificultan el ascenso profesional y social de una mexicana en EEUU son...

   a. la familia y los amigos b. la familia y la sociedad c. el esposo y los hijos

8. Para ella fue difícil empezar su carrera profesional porque tuvo que romper con las esperanzas de...

   a. sus parientes. b. sus padres. c. sus hermanos.

9. También tuvo que luchar contra muchos prejuicios...

   a. sociales. b. raciales. c. sexuales.

10. Su primera novela fue publicada en una editorial...

    a. mexicana. b. grande. c. pequeña.

Repaso

CE 3-13 Tres grandes del cine hispano. *In the following paragraphs, circle the correct words to complete the information on Anthony Quinn, Rita Moreno, and Rubén Blades, three well-known Hispanic entertainers.*

1. Anthony Quinn (es / está) un actor mexicano muy (enojado / famoso). Su nombre completo (es / está) Anthony Rudolph Oaxaca Quinn. Nació en Chihuahua, capital del estado de Chihuahua y ciudad (larga / pintoresca) que (es / está) en el norte de México. Vino a Estados Unidos cuando (era / estaba) niño y vivió la (mayoría / mayor parte) de su vida en este país. Murió a los 86 años, en junio de 2001.

2. Rita Moreno (es / está) de Puerto Rico y ha tenido mucho (desempleo / éxito) como actriz. Hasta ahora, es la (una / única) artista del mundo que tiene un Oscar, un Tony, un Emmy y un Grammy. Como en el caso de Anthony Quinn, (era / estaba) muy pequeña cuando vino a Estados Unidos con su madre.

NOMBRE ______________________________ FECHA __________ CLASE ____________

3. Rubén Blades (es / está) un conocido músico y actor panameño. También (es / está) abogado y político. Según él, la música siempre ha sido parte de su vida. Su madre, (minoría / ciudadana) cubana, (era / estaba) pianista y cantante. Su padre, panameño, tenía un (grupo / puesto) en la policía de su ciudad pero tambien (era / estaba) músico. En los años sesenta Rubén tuvo la (oportunidad / coincidencia) de venir a Estados Unidos y decidió venir. (Fue / Estuvo) una decisión (horrible / estupenda) porque hoy día (es / está) uno de los artistas (hispanas / hispanos) más populares de este país.

CE 3-14 Temas alternativos. *Choose one of the following topics and write a paragraph about it.*

Grammar	adjective agreement, adjective position, verbs: use of **ser** and **estar**, possessive adjective **mi(s) / tu(s)**, possessive adjective **nuestro**, possessive adjective **su(s)**
Vocabulary	countries [B], direction and distance, geography, nationality [B], people [B], personality [B]
Phrases	describing people [B], describing places, describing the past, expressing location

A. Nombres hispanos. *List some place names of Spanish origin in your area (or from the map here) and give some possible reasons for the names they have. Most Hispanic place names are religious* **(San Francisco, Trinidad)** *or descriptive* **(Río Hondo, Arroyo Seco).** *You may have to look up some of the words in a dictionary. Write a report of about 8-10 sentences (60-80 words) on the place name you have chosen.*

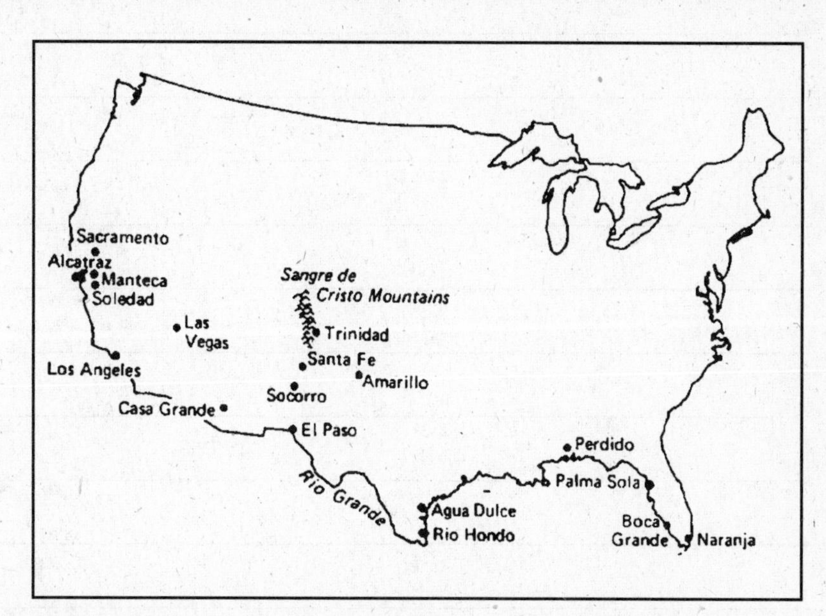

B. Un(a) hispano(a) interesante (o: admirable, único(a), famoso(a)...). *Think of an actor, actress, baseball (soccer, tennis...) player, painter, singer, writer of Hispanic origin that you find interesting (or: admirable, unique, famous...). Look him/her up on the Internet, and write a biographical sketch of 8-10 sentences (60-80 words) about him or her. Divide your report into three paragraphs: introduce and identify your chosen Hispanic (name, origins, family background, profession...) in the first paragraph; give details of his/her life, work, interest, etc., in the second paragraph, and write a conclusion explaining why you chose this particular person in the third paragraph.*

____

____

____

NOMBRE ______________________ FECHA __________ CLASE __________

CAPÍTULO **4**

Amor y amistad

The Future Tense

CE4-1 Del pasado al futuro. *Complete the following sentences with the future-tense forms of the underlined verbs.*

Modelo Alicia **prometerá** hoy lo mismo que ya **prometió** ayer.

1. Ustedes no hicieron nada hasta ahora; ¿__________________ algo pronto?
2. Cuidé al padre y __________________ al hijo también.
3. Ellos no quisieron salir anoche, ¿__________________ salir esta noche?
4. Pensó él: «No supe hacer feliz a Lisa..., ¿__________________ hacer feliz a Lucy...?»
5. José Luis pudo ayudar una vez pero no __________________ ayudar siempre.
6. Mi novio __________________ exactamente lo mismo que ya dijo dos veces la semana pasada.
7. Nosotros __________________ las tareas del hogar como compartimos otras responsabilidades, ¿no?
8. Susana no vino a la última cita y probablemente no __________________ a la próxima tampoco.

CE4-2 Planes de verano. *It is the end of April and some friends are talking about their vacation plans. Fill in each blank with the correct future-tense form of the verb in parentheses to find out what they will be doing this summer.*

1. Yo __________________ (trabajar) hasta el 15 de julio y después __________________ (decidir) qué hacer el resto del verano.

2. Marta, Sonia y yo ________________ (viajar) a México en auto. Nosotras ________________ (compartir) todos los gastos *(expenses)*.

3. Alicia no ________________ (poder) viajar con nosotras porque ________________ (tener) que cuidar a su abuela enferma.

4. Teresa y Ray ________________ (estar) una semana en Caracas y ________________ (pasar) el resto del verano en Paraguay.

5. ¿Qué ________________ (hacer) tú, Pedro? ¿Y adónde ________________ (ir) tus padres este año?

CE4-3 Conjeturas lógicas. *As usual, your roommate is bombarding you with questions, and, as usual, you don't know the answers. Respond with conjectures using the future of probability. Follow the model.*

Modelo —¿A qué hora es la fiesta para Alicia? (las ocho)
—No sé, **será a las ocho**.

1. —¿Dónde es la fiesta? (en su apartamento)

   —No sé, ____.

2. —¿Cuántos años cumple Alicia hoy? (diecinueve, como nosotras)

   —No sé, ____.

3. —¿Con quién vive ella? (con una amiga)

   —No sé, ____.

4. —¿A qué hora salimos de aquí? (a eso de las siete)

   —No sé, ____.

5. —¿Por qué aún no está aquí tu novio? (en clase)

   —No sé, ____.

6. —¿Qué clase tiene hoy? (una clase de historia o de filosofía)

   —No sé, ____.

7. —¿Y a qué hora llega aquí? (antes de las siete)

   —No sé pero no te preocupes, ________________________________.

The Conditional

CE4-4 Sueños y más sueños. *What would you and your friends do if you had plenty of money? List six of those wishful ideas or plans by combining elements from columns A and B and completing the sentences with the appropriate information. Use the conditional tense, as in the model.*

Modelo **Mi novio y yo compraríamos un apartamento en Nueva York.**

A	B
mis amigos	ir a...
yo	viajar a...
(nombres de dos amigos)	vivir en...
mi novio(a) y yo	comprar...
mi amigo(a) (+ nombre)	cambiar...
mi compañero(a) de cuarto	compartir...
	visitar...
	salir...

1. ______________________________
2. ______________________________
3. ______________________________
4. ______________________________
5. ______________________________
6. ______________________________

CE4-5 Expresiones sinónimas. *Say the same thing, but differently. Rewrite the sentences using the conditional of probability.*

Modelo Los novios <u>probablemente fueron</u> al parque.
Los novios <u>irían</u> al parque.

1. Tú <u>probablemente sabías</u> la verdad.

   ____

2. Sus padres <u>probablemente eran</u> ricos.

   ____

3. <u>Probablemente eran</u> las diez cuando te llamé.

   ____

4. No comió porque <u>probablemente no tenía</u> hambre.

   ____

5. Acompañó a Celia porque <u>probablemente estaba</u> enamorado de ella.

   ____

Comparisons of Equality and Inequality

CE4-6 Comparaciones. *Look at the drawings and answer the questions using comparatives. Follow the models.*

Modelos

¿Dónde hay más libros? ¿en la mesa o en la silla?
Hay tantos libros en la mesa como en la silla.

¿Quién es menos popular? ¿El profesor Díaz o el profesor Ruiz?
El profesor Díaz es menos popular que el profesor Ruiz. [*or:* **El profesor Ruiz es más popular que el profesor Díaz.**]

1. ¿Quién es más alta? ¿Marta o Susana?

____

____

2. ¿Quién recibió más (menos) votos *(votes)?* ¿el señor Ordóñez o el señor Ibarra?

____

____

3. ¿Qué hay más en la cola *(line)?* ¿muchachas o muchachos?

____

____

4. ¿Cuál es más larga (corta)? ¿la calle Colón o la calle Rincón?

____

____

NOMBRE ______________________ FECHA __________ CLASE __________

CE4-7 Más comparaciones. *Complete each of the sentences below with one or more of the following words:* **más, menos, que, tan, tanto (-a, -os, -as), como, de.**

Modelos a. ¿Sabes <u>tanto</u> como yo?

b. Viajaron con más <u>de</u> dos mil dólares.

1. Tú tienes cuatro citas y yo dos. Tienes __________________ citas que yo.
2. Felipe cuida a __________________ niños como su hermana.
3. El profesor habló dos horas y la estudiante sólo una. Él habló __________________ que ella.
4. En todo el semestre no tuvimos más __________________ un examen.
5. Tomó una decisión tan pronto __________________ pudo.
6. Mamá es __________________ romántica como papá.
7. Tú eres casada y yo soy soltera. Tienes __________________ responsabilidades que yo.
8. Ellos recibieron menos dinero __________________ nosotros.
9. Estoy segura de que allí hay más __________________ diez estudiantes.

Irregular Comparative Forms; the Superlative

CE4-8 Don Compáralotodo. *Don Compáralotodo always has to have the last word. If someone tells him that he knows an honest person, don Compáralotodo knows one who is more honest; if someone tells him he saw a bad movie, don Compáralotodo has seen one that is worse. Following the models, write responses don Compáralotodo makes to his friends' comments.*

Modelos a. Ese joven es muy celoso.
Pero mi hijo es más celoso.

b. Ana tiene pocas amigas íntimas.
Pero Sandra tiene menos amigas íntimas.

c. Yo estoy mal.
Pero su tío está peor.

1. Los García tienen poco dinero.

____

2. Susana cuida bien a sus hijos.

____

3. Mauricio acompañó a muchos estudiantes.

____

4. La margarina es mala.

____

5. Los Ruiz salen mucho.

____

6. Colombia es un país pequeño.

____

CE4-9 Diálogo con un estudiante fanático... *Antonio is trying to convince his friend Carlos to come to the university he attends. Use the superlative as he would, to describe his alma mater.*

Modelos

a. ¿Tienen una buena biblioteca de música?
Sí, tenemos la mejor biblioteca de música del país.

b. ¿Crees que música es una carrera fácil?
Sí, creo que música es la carrera más fácil de todas.

1. ¿Está la universidad en una ciudad interesante?

   Sí, la universidad está en ______________________________ esta región.

2. ¿Son simpáticas las muchachas?

   Sí, son ______________________________ todo el país.

3. ¿Es grande la universidad?

   Sí, es ______________________________ país.

4. ¿Vienen aquí estudiantes inteligentes?

   Sí, aquí vienen ______________________________ la tierra.

5. ¿Tienen un buen equipo de fútbol?

   Sí, tenemos ______________________________ mundo.

CE4-10 Dos semanas en Cuba. *Virginia and Pablo have just returned from a two-week vacation in Cuba. They liked some things they saw there very much, and other things, not at all. Answer their friends' questions as they would, following the models.*

Modelos

a. ¿Hay **muchas** escuelas?
¡Muchísimas!

b. ¿Es **malo** el transporte público?
¡Malísimo!

1. ¿Es Cuba un lindo país? ______________________________

2. ¿Son simpáticos los cubanos? ______________________________

3. ¿Vieron colas largas? ______________________________

4. ¿Hay pocos autos nuevos? ____________

5. ¿Son baratos *(cheap)* los libros? ____________

6. ¿Es rica la comida cubana? ____________

7. ¿Es grande la universidad? ____________

8. ¿Fue interesante la experiencia? ____________

Vocabulario

CE4-11 Palabras relacionadas. *Give a noun related to each of the following verbs. Follow the models.*

Modelos a. seducir **la seducción**
b. envidiar **la envidia**

1. galantear ____________
2. acompañar ____________
3. amar ____________
4. jugar ____________
5. citar ____________
6. trabajar ____________
7. depender ____________
8. decidir ____________
9. prometer ____________
10. cambiar ____________

CE4-12 El día de mi santo. *Circle the most appropriate words to complete the following paragraph.*

El 15 de octubre fue el día de mi santo. Esa tarde yo llegué a casa temprano porque (evité / prometí / cuidé) encontrarme con Ray, mi esposo, a las siete y media. Descansé un rato y luego me preparé para salir a cenar con él. Me (cambié / rompí / lavé) la ropa porque quería estar elegante esa noche. Sabía que primero iríamos a cenar y luego a bailar. Ray llegó a las seis y media y me trajo unas rosas hermosas; él es muy (liberado / fuerte / romántico) y sabe que a mí me gustan las flores y sus (tareas / galanteos / celos). Fuimos a mi restaurante favorito en Boston y allí compartimos una cena deliciosa. Después fuimos a bailar y bailamos mucho. Ray es muy cariñoso y divertido, y me (apoya / insiste / pone) en todo. Su único defecto es que es muy (nuevo / dominador / derecho). También tiene (citas / reyes / celos) de todo el mundo. Por eso, para evitar problemas, generalmente sólo bailo con él. Eso a mí realmente no me molesta porque ¡Ray es el mejor bailarín que conozco...!

CE4-13 Una leyenda de amor. *Read the following account of an Aztec legend telling how the two snow-covered mountains near Mexico city (Iztaccíhuatl and Popocatépetl) were created, and then complete the statements below by circling the correct or most probable answer.*

Dos de las tres montañas más altas de México son Iztaccíhuatl y Popocatépetl, situadas ambas más o menos a setenta kilómetros al sureste de Ciudad de México. Son montañas tan altas que casi siempre están cubiertas de nieve y una de ellas, Iztaccíhuatl, tiene la forma de una mujer acostada. Por esa razón, también es conocida como "mujer dormida", aunque su nombre azteca significa "mujer blanca": del nahuatl "Iztac" (blanco/a) y "cíhuatl" (mujer). La historia de cómo se crearon esas dos montañas es muy romántica y se origina en la mitología azteca. Según una versión de la leyenda, Iztaccíhuatl era una joven muy hermosa, hija del emperador Moctezuma. Un día se enamoró profundamente de un joven guerrero llamado Popocatépetl y éste también de ella. Cuando el emperador supo eso, decidió separar a la pareja y enviar a la guerra al joven guerrero. Como los jóvenes enamorados protestaron, él les prometió que tendrían su permiso para la boda si Popocatépetl regresaba victorioso de su misión. Pero en realidad al emperador no le gustaba el candidato de su hija y quería casarla con otro. Seguro de que Popocatépetl no regresaría de la guerra, trató de arreglar el casamiento de su hija con un noble de la corte. Cuando ésta le dijo que no, que solamente se casaría con Popocatépetl, el emperador decidió inventar una mentira: le dijo que su enamorado habia muerto en combate. Pensó que de esa manera ella se casaría con el noble de la corte. Sin embargo, muy cara le costó su mentira a Moctezuma. Tan grande fue el dolor que le causó a Iztaccíhuatl la noticia de la muerte de su amado que murió sólo unas horas después de escuchar la falsa noticia. Cuando Popocatépetl volvió triunfante de la guerra y encontró muerta a su amor, a él también se le rompió el corazón y murió de tristeza y dolor. Por el gran amor entre ellos, los dioses cubrieron sus cuerpos con una blanca capa de nieve y los convirtieron en dos montañas inmensas y hermosas. De esa manera, nadie, nunca más, podría separarlos. .

Vocabulario

profundamente	*deeply*	**guerrero**	*warrior*
arreglar	*to arrange*	**mentira**	*lie*

1. Las montañas Iztaccíhuatl y Popocatépetl están al ____ de Ciudad de México.

   a. suroeste b. sureste c. noreste

2. Iztaccíhuatl es una palabra azteca que quiere decir...

   a. mujer blanca. b. mujer dormida. c. mujer acostada.

3. Otro nombre para Iztaccíhuatl es...

   a. mujer blanca. b. mujer dormida. c. mujer acostada.

4. El emperador Moctezuma era el ____ de Iztaccíhuatl.

   a. compadre b. padrastro c. padre

5. Ella se enamoró de un joven ____ llamado Popocatépetl.

   a. guerrero b. noble c. dominador

6. El emperador creía que Popocatépetl ____ la guerra.

   a. regresaría de b. se moriría en c. triunfaría en

7. Moctezuma quería casar a su hija con un joven...

   a. cariñoso. b. guerrero. c. noble de la corte.

8. La mentira que el emperador le dijo a su hija era que Popocatépetl estaba...

   a. muerto. b. casado. c. enamorado de otra.

9. Iztaccíhuatl y Popocatépetl murieron...

a. juntos. b. de tristeza y dolor. c. de un ataque al corazón.

10. Por ____ grande entre ellos, los dioses los convirtieron en dos hermosas montañas.

a. la amistad b. la envidia c. el amor

Repaso

CE4-14 Breves conversaciones. ***Complete the following brief dialogues with future or conditional forms of the verbs in parentheses, as appropriate.***

Modelo —¿Sabes qué **hará** (hacer) Sonia mañana de noche?
—Sí, me dijo que **saldría** (salir) con José Antonio.
—¡No puede ser! Ayer me prometió que (ella y yo) **iríamos** (ir) al cine a ver la última película de Almodóvar...

1. —¿A qué hora piensas que ____________________ (llegar) la señora Díaz, Tina?

—En realidad, ya ____________________ (deber) estar aquí, mamá. Me dijo que ____________________ (llegar) temprano, a eso de las seis.

—¡Pero son casi las siete! ¿No ____________________ (estar) enferma?

—No lo creo, pero no te preocupes. Yo ____________________ (cuidar) a Pedrito mientras tú y papá van al concierto. ¡Ya tengo doce años!

2. —¿Crees que Paco me ____________________ (llamar) esta noche?

—Lo dudo. Él dijo que no ____________________ (llamar) hasta el jueves o viernes...

—¿Dijo eso? Pues, si no llama antes del jueves, (yo) ____________________ (romper) con él ¡antes del viernes!

—¿Cómo? ¿Y no le prometiste que no lo ____________________ (dejar) nunca?

3. —¿____________________ (Ser) muy tarde en Buenos Aires ahora?

—No sé. Creo que tenemos dos horas de diferencia, así que allí ____________________ (ser) las once. ¿Por qué?

—Es que le prometí a Susana que la ____________________ (llamar) hoy, y ella me dijo que ____________________ (esperar) mi llamada todo el día.

—Entonces, ¿qué esperas? Tu pobre novia ____________________ (estar) al lado del teléfono, pensando que olvidaste tu promesa. ¡Llámala ya, Tony!

CE4-15 Temas alternativos. *Choose one of the following topics and write a paragraph about it.*

A. En el futuro. *Describe your life in 25 years. What will you probably be doing? Will you be married? Will life be different than it is now? In what ways? Use the future tense.*

ATAJO	
Grammar	comparisons: adjectives; comparisons: equality; comparisons: inequality; comparisons: irregular; verbs: future [A]; verbs: future with **ir** [A]; verbs: conditional [B]
Vocabulary	dreams and aspirations; emotions: positive; leisure [B], people; personality, stores and products [B]; traveling [B]
Phrases	comparing and contrasting [A]; describing people

B. ¡Un millón de dólares...! *Imagine that you and your significant other have just won a million dollars in the lottery. Describe how you would spend that money. What would you buy? Where would you go? Who would you help? What would you do with so much money? Use the conditional tense.*

NOMBRE ______________________ FECHA __________ CLASE __________

CAPÍTULO **5**

Vivir y aprender

The Present Subjunctive Mood: Introduction and Formation; the Subjunctive with Impersonal Expressions

CE5-1 La vida universitaria. *Complete the following sentences about school life, using the present subjunctive. Supply appropriate personal information as well where indicated by the blanks.*

Modelo Es probable que yo **siga** (seguir) **química** el próximo semestre.

1. Es bueno que mi amigo(a) ____________ (especializarse) en ____________.
2. Es necesario que mis compañeros y yo ____________ (hacer) las tareas a tiempo para la clase de ____________.
3. Es importante que los profesores ____________ (ser) comprensivos.
4. Es una lástima que nosotros no ____________ (leer) *Don Quijote* en la clase de literatura.
5. Es dudoso que yo ____________ (recibir) buenas calificaciones en ____________ y en ____________.
6. Es posible que mis amigos ____________ (asistir) a un partido de ____________ el próximo fin de semana.
7. Es difícil que un(a) estudiante ____________ (trabajar) y ____________ (estudiar) al mismo tiempo, ¿verdad?
8. Es sorprendente que tu hermana ____________ (querer) dejar su clase de ____________ para seguir un curso de ____________.

CE5-2 Opciones múltiples. *Mark the most appropriate choice to complete each of the following sentences.*

Modelo Es verdad que...
___ (a) saque una buena nota.
_x_ (b) **sigo dos cursos de historia.**
___ (c) tome buenos apuntes.

1. No es bueno que...
   ______ (a) hablan mucho en clase.
   ______ (b) fracasen en ese examen.
   ______ (c) exigen demasiado.

2. Es evidente que ustedes...
   ______ (a) sean buenos estudiantes.
   ______ (b) tienen deseos de aprender.
   ______ (c) estén nerviosos.

3. Es mejor que tú...
   ______ (a) lees tus lecciones.
   ______ (b) hagas tus ejercicios.
   ______ (c) aceptas esa beca.

4. ¿Es posible que Mónica...
   ______ (a) sigue cinco materias?
   ______ (b) tiene una cita con su profesora?
   ______ (c) se gradúe en diciembre?

5. Es cierto que ella...
   ______ (a) pasó el examen final.
   ______ (b) cambie de carrera.
   ______ (c) estudie medicina.

6. No es seguro que mis padres...
   ______ (a) asistan a esa conferencia.
   ______ (b) pueden pagar mi matrícula.
   ______ (c) van a devolver los videos.

7. Es obvio que usted...
   ______ (a) no saque buenas notas.
   ______ (b) no está en clase los viernes.
   ______ (c) no tenga interés en las ciencias.

8. ¿No es preferible que ustedes...
   ______ (a) se gradúan el año que viene?
   ______ (b) se especialicen en ciencias de computación?
   ______ (c) se especializan en matemáticas?

The Subjunctive with Verbs Indicating Doubt; Emotion; Will, Preference, or Necessity; Approval, Disapproval, or Advice

CE5-3 Quejas cotidianas. *Complete the response that Pepe's mother makes to each of her son's statements or questions, putting the underlined verb in the subjunctive.*

Modelo —Mamá, no quiero **estudiar** más hoy.
—Pero hijo, insisto en que **estudies** un poco más.

1. —Creo que voy a jugar con los muchachos.

   —Bien sabes que tu padre y yo preferimos que no ____________________ con tus amigos cuando tienes que estudiar.

2. —Tal vez voy a mirar televisión con Jorge.

   —Eso es peor. Prohíbo que ustedes ____________________ televisión a estas horas.

3. —Tengo otra idea. Voy a ir al cine con Carmen.

   —No entiendes, Pepe. Tu padre no permite que ____________________ al cine durante la semana.

4. —Pero mamá, no tengo ganas de hacer mis tareas ahora.

   —Hijo, te exijo que ____________________ esos ejercicios ahora mismo.

5. —Es que no tengo que estudiar para pasar mis exámenes...

   —Pues yo dudo que no ____________________ que estudiar para mejorar *(improve)* tus notas.

6. —Mamá, ustedes los padres nunca comprenden a sus hijos.

   —Si quieres que nosotros te ____________________ tienes que hacer lo que te decimos.

7. —Tú hablas mucho, mamá... y yo tengo hambre... ¿Puedo comer el chocolate que está en el refrigerador?

   —No, Pepe. Prefiero que tú y tus hermanos ____________________ ese chocolate después de la cena.

8. —Ustedes creen que todavía somos niños... ¿Cómo vamos a triunfar en la vida con tantas prohibiciones?

   —Tienes que entender esto, hijo. Tu padre y yo queremos que ustedes ____________________ en la vida, pero aquí en casa nosotros somos DIOS...

UNIVERSIDAD NACIONAL MAYOR DE SAN MARCOS

Universidad del Perú, DECANA DE AMERICA

446 años *forjando ciencia y desarrollo al servicio del país*

12 de mayo de 1551

Estamos seguros de que aquellos que se incorporen a nuestras aulas recibirán no sólo la más esmerada educación y formación profesional sino que contribuirán a mantener nuestra centenaria tradición de modernidad y peruanidad.

INFORMACION
Oficina de Relaciones Públicas
Av. República de Chile Nº 295- Of. 507
Teléfono 433-5882

Tradición y excelencia

Carreras profesionales

- MEDICINA HUMANA
- OBSTETRICIA
- ENFERMERIA
- LABORATORIO CLINICO Y
- ANATOMIA PATOLOGICA
- TERAPIA FISICA Y REHABILITACIC
- RADIOLOGIA
- TERAPIA OCUPACIONAL
- NUTRICION
- FARMACIA Y BIOQUIMICA
- ODONTOLOGIA
- MEDICINA VETERINARIA
- CIENCIAS BIOLOGICAS
- PSICOLOGIA
- ADMINISTRACION
- CONTABILIDAD
- ECONOMIA
- DERECHO Y CIENCIA POLITICA
- LITERATURA
- FILOSOFIA
- LINGÜISTICA
- COMUNICACION SOCIAL
- ARTE
- BIBLIOTECOLOGIA
- EDUCACION
- EDUCACION FISICA
- HISTORIA
- SOCIOLOGIA
- ANTROPOLOGIA
- ARQUEOLOGIA
- TRABAJO SOCIAL
- TURISMO
- NEGOCIOS INTERNACIONALES
- FISICA
- MATEMATICA
- ESTADISTICA
- QUIMICA
- INGENIERIA QUIMICA
- INGENIERIA GEOLOGICA
- INGENIERIA GEOGRAFICA
- INGENIERIA DE MINAS
- INGENIERIA METALURGICA
- INGENIERIA INDUSTRIAL
- INGENIERIA ELECTRONICA
- INGENIERIA MECANICA DE FLUIDOS
- INGENIERIA DE SISTEMAS

CE5-4 Deseos y temores. *Combining elements from all three columns, write eight wishes and fears that you have. Use the present subjunctive and follow the models.*

Modelos
a. **No quiero que mi hermano fracase en química.**
b. **Me alegro de que esta universidad ofrezca cursos de literatura y de educación.**

esperar que	mis profesores	seguir un curso de ____________
(no) querer que	tú y tu novio(a)	pagar mi matrícula
dudar que	mi hermano(a)	tener pocos requisitos
alegrarse de que	esta universidad	devolver estos libros a la biblioteca
(no) temer que	mi amigo(a) y yo	fracasar en ____________
	tú	ser muy exigente(s)
	mis padres	aprobar el examen final
		dar becas a estudiantes extranjeros
		especializarse en ____________
		tomar buenos apuntes
		sacar una «A» en ____________
		ofrecer cursos de ____________ y de ____________

1. ______________________________

2. ______________________________

3. ______________________________

4. ______________________________

5. ______________________________

6. ______________________________

7. ______________________________

8. ______________________________

The Subjunctive Versus the Indicative

CE5-5 ¿Indicativo o subjuntivo? *Complete the sentences with the correct forms of the verbs in parentheses (indicative or subjunctive). Then change them to the negative, using the cues provided.*

Modelo Es verdad que yo **quiero** (querer) tener un título universitario.

No es verdad que yo **quiera tener un título universitario.**

1. Es dudoso que ellos ____________ (tener) el examen hoy.

   No hay duda de que ellos ______________________________.

2. Tú y Silvia creen que ____________ (haber) demasiados requisitos.

   Tú y Silvia no creen que ______________________________.

3. Es bueno que ustedes ____________ (saber) la verdad.

   No es bueno que ustedes ______________________________.

4. Están seguros de que nosotros ____________ (poder) terminar la carrera.

   No están seguros de que nosotros ______________________________.

5. Es obvio que en esta clase uno ____________ (aprender) mucho.

   No es obvio que en esta clase uno ______________________________.

6. Es evidente que ese liceo ____________ (ser) muy bueno.

   No es evidente que ese liceo ______________________________.

NOMBRE ______________________ FECHA ________ CLASE ________

CE5-6 ¿Qué quieren Elena, el Sr. López, Martita y Silvia? *Complete the sentences based on the cues in the pictures.*

Modelos a. Elena quiere **dormir.** b. Elena no cree que mañana **llueva.**

1. a. El Sr. López desea ______________________.
   b. El Sr. López quiere que Martita ______________________.

2. a. Martita no quiere ______________________.
   b. Martita espera que su mamá le ______________________.

3. a. Silvia piensa ______________________________ b. Silvia no duda que su novio ______________

______________________________. ______________________________.

CE5-7 Con un poco de imaginación. *Complete the sentences with ideas of your own. You might want to use some of these words:* **estudiar, estar enfermo(a), fracasar, especializarse, saber la lección, devolver, pagar la matrícula, ser muy exigente.**

1. No hay duda que tú ______________________________.
2. Es necesario que yo ______________________________.
3. Pienso que él ______________________________.
4. Es probable que ellos ______________________________.
5. Ojalá ______________________________.
6. Dudamos que usted ______________________________.
7. Mis amigos insisten ______________________________.
8. No quieren que nosotros ______________________________.

CE5-8 Conversación entre hermanos. *Antonio is telling Dora, his younger sister, how difficult it is to survive in college, but his sister doesn't quite believe everything she hears. Complete Dora's responses using the cues provided.*

Modelo Es difícil encontrar un buen compañero de cuarto.
Dudo que **sea difícil encontrar un buen compañero de cuarto.**

1. Todos los profesores son exigentes.

   No creo que ______________________________.

2. Los estudiantes pasan todo su tiempo en la biblioteca.

   No es bueno que ______________________________.

3. Mi compañero de cuarto sólo piensa en ganar dinero.

   ¿Es posible que ______________________________?

4. La comida de la cafetería universitaria es horrible.

   ¡Es imposible que ______!

5. Tengo que leer mil páginas por semana para filosofía.

   Es ridículo que ______.

6. ¡En español aprendemos cien palabras nuevas por día!

   Me alegro de que ______.

   Ahora podremos ir a México... ¡y tú serás nuestro intérprete *(interpreter)*!

Vocabulario

CE5-9 Quejas de un estudiante. *Complete the following story of a student's complaints by circling the words in parentheses which are most appropriate in the context of his account.*

El otro día encontré una (1. nota / ventaja) en mi buzón *(mailbox)* que decía que yo tenía que (2. volver / devolver) un libro a la (3. librería / biblioteca) muy pronto o pagar una multa *(fine)*. ¡Qué problema! Es que yo no tengo ese libro en este momento. Mi amiga lo llevó a un (4. colegio / congreso) literario en México y ella no va a (5. volver / devolver) hasta la semana que viene. No tengo el dinero necesario para pagar la multa porque compré varios libros de texto muy caros en la (6. librería / biblioteca) universitaria el jueves pasado. Sigo cinco cursos este semestre y todos los profesores son (7. bajos / exigentes). También hay mucha (8. tarea / esperanza) pero afortunadamente me gusta leer. Asisto a todas las clases y tomo buenos (9. apuntes / deberes), pero a veces las (10. lecturas / conferencias) de los profesores no son muy claras. Yo (11. dudo / siento) que nosotros los estudiantes no podamos darles (12. notas / grados) a los profesores. ¡Creo que muy pocos sacarían una «A»!

CE5-10 Palabras engañosas. ¡Ojo...! *For each of the following words, circle the most appropriate translation.*

1. colegio — school / college / colleague
2. dormitorio — dorm / apartment / bedroom
3. lectura — reading / lecture / lecturer
4. apuntes — appointments / notes / grades
5. actualmente — truly / actually / currently
6. facultad — department / faculty / field
7. aprobar — to prove / to pass / to probe
8. cita — site / to cite / appointment

CE 5-11 La UNAM, una universidad muy antigua. *Read the following history and description of the UNIVERSIDAD NACIONAL AUTÓNOMA DE MÉXICO, and then answer the questions that follow by circling, for each case, the correct or most probable answer.*

¿Sabía usted que la Universidad Nacional Autónoma de México, situada en Ciudad de México y generalmente conocida como la UNAM, es una de las dos universidades más antiguas de toda América? En efecto, la Universidad de San Marcos en Lima, Perú, y la actual UNAM fueron fundadas prácticamente al mismo tiempo, en el siglo XVI, entre 1551 y 1552. La Universidad de Harvard, por ejemplo, que es la más antigua de Estados Unidos, se fundó más de 80 años después, en 1636. En particular, los antecedentes históricos de la UNAM datan de 1551, año en que se creó la Real y Pontificia Universidad de México, refundada oficialmente como Universidad Nacional en 1910. Allí fueron formados muchos hombres y mujeres distinguidos en el mundo de las ciencias, las humanidades, la cultura, las artes y las letras de México y de América Latina, entre ellos tres mexicanos que ganaron el Premio Nobel: Alfonso García Robles, Nobel de la paz en 1982, Octavio Paz, Nobel de literatura en 1990 y Mario Molina, Nobel de química en 1995. La UNAM tiene como misión formar profesionales, investigadores, profesores universitarios y técnicos útiles a la sociedad, como también organizar y realizar investigaciones, principalmente sobre las condiciones y los problemas nacionales, y además extender los beneficios de la cultura a través de diversas actividades musicales, teatrales, artísticas, cinematográficas, etc. Con respecto a la formación de profesionales, algunos datos significativos son los siguientes: la UNAM tiene unos 270.000 estudiantes por año, cuenta con más de 29.000 profesores, ofrece 68 carreras, y 1 de cada 2 doctorados en México es de la UNAM. En el campo de la investigación, la UNAM tiene más de 3.700 investigadores y técnicos de tiempo completo, genera el 50% de toda la investigación en México y publica 12.500 artículos científicos al año. Y en lo relacionado con la difusión cultural, la UNAM auspicia, anualmente, cerca de 8.000 actividades de música, teatro, danza y cine, atiende a más de 300.000 visitantes y edita más de 1.000 libros, además de contar con los programas culturales de Radio UNAM desde hace más de 50 años.

Vocabulario

a través de	*through*	**investigadores**	*researchers*
difusión	*dispersion*	**auspicia**	*sponsors, promotes*

1. ¿Cuáles son las dos universidades más antiguas de toda América?
   a. Harvard y UNAM b. San Marcos y Harvard c. UNAM y San Marcos
2. ¿Dónde está la UNAM?
   a. en Perú b. en México c. en Estados Unidos
3. ¿Con qué año asociamos los antecedentes históricos de la UNAM?
   a. con 1551 b. con 1552 c. con 1636
4. ¿Qué Premio Nobel recibió Alfonso García Robles en 1982?.
   a. el Nobel de la paz b. el Nobel de química c. el Nobel de literatura
5. ¿Quién recibió el Premio Nobel de literatura en 1990?
   a. Mario Molina b. Octavio Paz c. Alfonso García Robles
6. ¿En qué año recibió Mario Molina el Premio Nobel de química?
   a. en 1995 b. en 1990 c. en 1982
7. ¿Cuántos profesores tiene la UNAM?
   a. unos 3.700 b. más de 29.000 c. unos 12.500
8. ¿Qué porcentaje de los doctorados en México son de la UNAM?
   a. el 100% b. el 25% c. el 50%

9. ¿Aproximadamente, ¿cuántas personas visitan la UNAM cada año?

   a. unas 270.000 b. más de 300.000 c. cerca de 8.000

10. ¿Cuántos libros edita la UNAM anualmente?

   a. más de 1.000 b. unos 68 c. 12.500

Repaso

CE5-12 El perro, el gallo (*rooster*) y la zorra (*fox*). ***Complete the following dialogue from Aesop's fables with the correct form of the verbs in parentheses (subjunctive, indicative, or infinitive).***

EL GALLO: Quiero que tú ____________________ (conocer) a mi amigo el perro.

LA ZORRA: Espero que nosotros tres ____________________ (ser) muy buenos amigos.

EL PERRO: No dudo que los tres ____________________ (ir) a poder ayudarnos siempre.

EL GALLO: Es mejor que (nosotros) ____________________ (caminar) juntos, en caso de peligro. «De acuerdo», contestaron la zorra y el perro, y fueron todos hacia el bosque *(woods).*

EL PERRO: Creo que (nosotros) ____________________ (deber) pasar la noche por aquí.

EL GALLO: Yo pienso ____________________ (dormir) en lo alto de este árbol. Buenas noches a todos.

EL PERRO: Estoy seguro de que yo ____________________ (ir) a descansar bien en el hueco *(hollow)* de este mismo árbol.

LA ZORRA: Yo también deseo ____________________ (estar) cerca de ustedes. Voy a dormir aquí.

Después de poco rato dormían los tres. Pero el gallo se despertó muy temprano y empezó a cantar. Al oír su canto, apareció *(appeared)* la zorra. La muy astuta le dijo:

LA ZORRA: ¡Buenos días! Te ruego que ____________________ (bajar *[to come down]*) del árbol para darte las gracias por tan linda canción.

«Esta zorra cree que yo ____________________ (ser) más estúpido que un burro», pensó el gallo. «Le quiero ____________________ (dar) una buena lección a esta 'amiga'».

EL GALLO: Primero es necesario que tú ____________________ (llamar) a nuestro portero *(gatekeeper)* el perro.

La zorra, que sólo pensaba en el banquete que iba a darse con el gallo, no entendió lo que hacía el gallo. Llegó al hueco del árbol y dijo:

LA ZORRA: ¡Buenos días, amigo perro! ¡Queremos que te ____________________ (levantar)! ¡Es una vergüenza *(shame)* que tú ____________________ (seguir) en la cama...!

Con tanto ruido, la zorra despertó al perro y éste, enojado por la falta de respeto de aquélla, atacó a la zorra y le empezó a dar palos *(beat)* sin piedad *(pity)*.

La moraleja *(moral)* de esta fábula puede ser la siguiente:

Es bueno que uno ____________________ (ser) astuto, pero es mejor ____________________ (actuar) siempre con prudencia.

CE5-13 La Universidad de Santiago de Compostela. ***Marta and Fernando are going to the University of Santiago de Compostela in Spain to take a summer course. Complete their conversation with appropriate forms of the present subjunctive or indicative.***

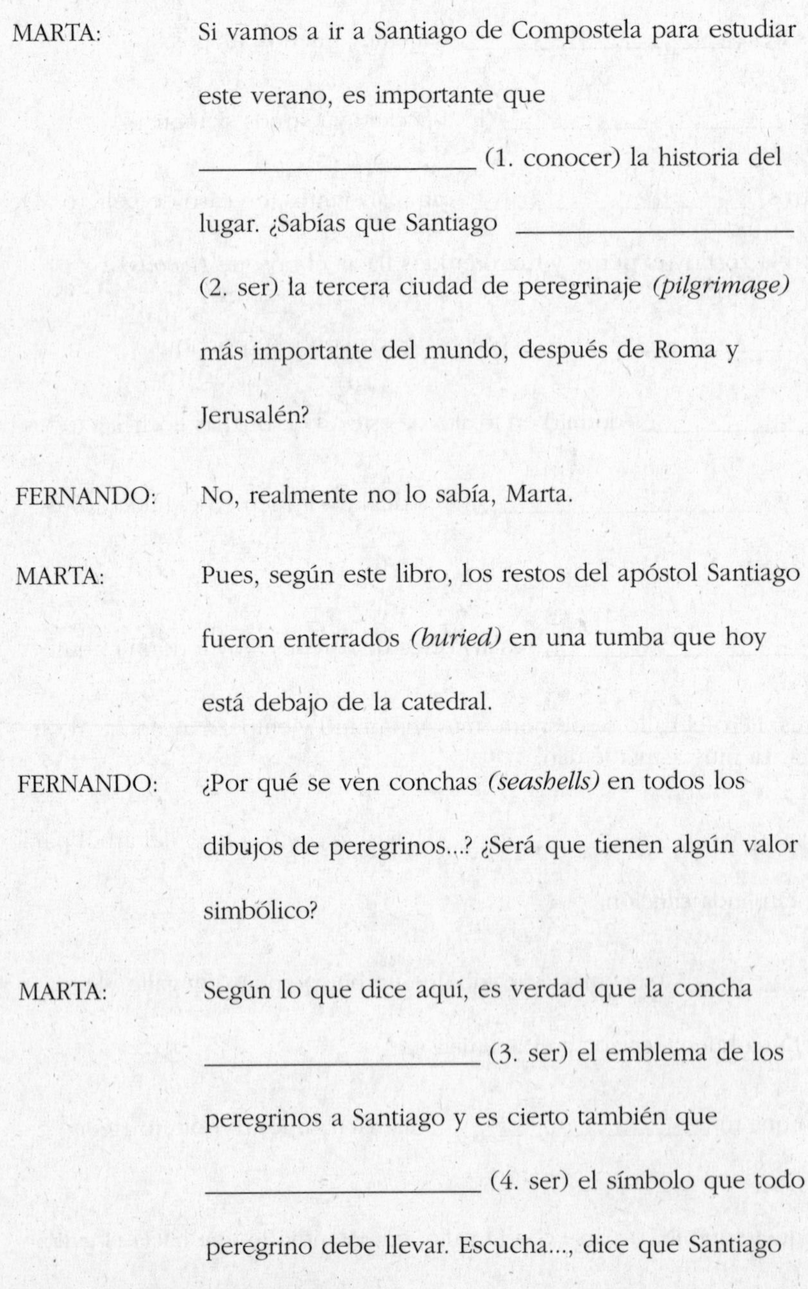

MARTA: Si vamos a ir a Santiago de Compostela para estudiar este verano, es importante que ____________________ (1. conocer) la historia del lugar. ¿Sabías que Santiago ____________________ (2. ser) la tercera ciudad de peregrinaje *(pilgrimage)* más importante del mundo, después de Roma y Jerusalén?

FERNANDO: No, realmente no lo sabía, Marta.

MARTA: Pues, según este libro, los restos del apóstol Santiago fueron enterrados *(buried)* en una tumba que hoy está debajo de la catedral.

FERNANDO: ¿Por qué se ven conchas *(seashells)* en todos los dibujos de peregrinos...? ¿Será que tienen algún valor simbólico?

MARTA: Según lo que dice aquí, es verdad que la concha ____________________ (3. ser) el emblema de los peregrinos a Santiago y es cierto también que ____________________ (4. ser) el símbolo que todo peregrino debe llevar. Escucha..., dice que Santiago

500 años de historia universitaria.
Más de 50 años de experiencia en cursos de español para extranjeros.

Cursos de Verano.
Cursos de semestrales y anuales.
Cursos para profesores y profesionales.

Profesorado cualificado
Con años de experiencia en la docencia de Español como lengua extranjera.
Niveles de iniciación, medio y superior.
Diseño de grupos según necesidades docentes.
Materiales didácticos incluidos en la matrícula.
Recursos audiovusuales. Laboratorio de idiomas.
Cicios sobre cultura y sociedad española.
Imparidos por profesorado universitario.
Historia; Arte; Música; Cine; Política,
Literatura española e hispanoameriana.
Instalaciones de la USC
A disposición del alumnado: alojamientos, deportes, bibliotecas, comedores.
Programación cultural y de tiempo libre
Excursiones, visitas, conciertos, etc.
Seguro médico para todos los alumnos
Condiciones especiales para grupos

Para más información:
Universidade de Santiago de Compostela
Cursos Internacionales de Verano
Santiago de Compostela, A Coruña, Espña.
Tlf: (981) 597035
Fax: (981) 597036
Email: cspanish@uscmail.usc.es
Internet: http://www.usc.es/Spanish

es una de las ciudades más hermosas de España y que ____________________ (5. contar) con una universidad muy importante. Creo que la universidad ____________________ (6. tener) más de 30 mil estudiantes.

FERNANDO: No hay duda de que esa ciudad ____________________ (7. deber) ser muy interesante, pero tengo miedo de que las clases allí ____________________ (8. ser) difíciles. Espero que (tú y yo) ____________________ (9. poder) mantenernos al nivel de la clase... y ojalá que no ____________________ (10. tener) que hablar enfrente de mucha gente.

MARTA: No creo que el profe nos ____________________ (11. poner) a pronunciar discursos *(speeches),* Fernando; no te preocupes. Pero ojalá que (nosotros) ____________________ (12. tener) bastante tiempo libre para ver los sitios de interés. Entre otras cosas, quiero que (nosotros) ____________________ (13. visitar) el museo, el Palacio de Gelmírez, la Plaza de la Quintana..., ¡y lógico!, las ciudades de Pontevedra y de La Coruña, que están cerca...

FERNANDO: ¡Caramba! Marta, creo que (tú) me ____________________ (14. ir) a llevar por toda España. ¿Qué clase de vacaciones son ésas...?

MARTA: Bueno, ¡no exageres, Fernando! Es cierto que ____________________ (15. preferir) estar activa durante las vacaciones, pero...

FERNANDO: ¿Activa? Tú eres super-hiper-requeteactiva, mi amor. ¡Espero que en ese itinerario tuyo también ____________________ (16. haber) tiempo para descansar un poco...!

CE5-14 Temas alternativos. *Choose one of the following topics and write a paragraph about it.*

A. Carta abierta a... *Write an "open letter" to the president of your school or your instructors about what you want him/her or them to do to improve campus life and your own life. Use* **querer** *or* **es importante** *and the subjunctive at least twice. Begin with* **Estimado(a) señor(a)** or **Estimados profesores.**

Grammar	verbs: subjunctive agreement; verbs: subjunctive with **que**
Vocabulary	dreams and aspirations [B]; school: classroom; school: grades; school: studies; school: university [A]
Phrases	expressing a wish or desire [B]; expressing conditions [A]; expressing hopes and aspirations; expressing irritation [A]; expressing opinions; stating a preference; writing a letter (formal)

B. Deseos personales... *Write a list of eight wishes related to things that other people (a teacher, your friends and relatives) could do to make your life happier. Use at least four different verbs or expressions from the following list:* **querer, desear, esperar, necesitar, preferir, es importante, es necesario.**

CAPÍTULO 6 De viaje

Direct Object Pronouns; Indirect Object Pronouns

CE6-1 Un viaje a España. *Sandra is talking to her friend Teresa. Complete their conversation with appropriate direct object pronouns.*

TERESA: ¿Ya compraste los boletos para tu viaje?

SANDRA: Sí, _______ compré hace una semana. También compré un plano de Madrid.

TERESA: ¡Qué bien! ¿Hiciste tus maletas?

SANDRA: _______ hice anoche.

TERESA: ¿Y ya tienes los cheques de viajero?

SANDRA: ¡Sí, ya _______ tengo! Sólo debo llamar a mis padres para decirles que salgo mañana. _______ llamo ahora mismo...

TERESA: ¡Qué organización! ¡_______ felicito *(congratulate)*, chica!

Sandra llega a Madrid y llama a la casa de Paco y Adela García, dos viejos amigos. Adela contesta el teléfono.

ADELA:	Dígame.
SANDRA:	Hola, Adela. Soy yo, Sandra.
ADELA:	¡Sandra! ¿Cuándo llegaste?
SANDRA:	Esta tarde, hace unas dos horas. Estoy en el Parador Lisboa.
ADELA:	Y ¿cuándo nos visitas? ¿Puedes esta noche... o ahora mismo...?
SANDRA:	Pues, la verdad es que estoy un poco cansada ahora, pero _______ puedo ver mañana a mediodía si están libres.
ADELA:	¡Claro que sí! Yo puedo pasar por el parador a recoger _______. ¿Qué te parece si _______ esperas en la entrada a eso de las doce? Luego pasamos por Paco... ¡y después tú ordenas, Sandra! ¡Vamos adonde tú quieras! ¿De acuerdo?

CE6-2 Promesas y más promesas. *Before Rita leaves for Mexico, she makes some promises to her boyfriend, Luis. Using direct object pronouns, ask questions Luis would ask in response to Rita's promises.*

Modelos
a. —Te extrañaré mucho. —¿ **Me extrañarás** ?
b. —No perderé mi pasaporte. —¿ **No lo perderás** ?

1. —Seguiré tus consejos. —¿_______________________________?
2. —Visitaré el Museo de Antropología. —¿_______________________________?
3. —Pagaré mis cuentas a mi regreso. —¿_______________________________?
4. —Te llamaré desde Guadalajara. —¿_______________________________?
5. —Mandaré cartas y tarjetas postales. —¿_______________________________?
6. —Veré a Susana. —¿_______________________________?
7. —No traeré regalos caros. —¿_______________________________?
8. —Haré una larga gira. —¿_______________________________?

CE6-3 Servicios de la agencia «Turismo para todos». *To find out the kinds of services offered by this travel agency, form sentences using indirect object pronouns, as in the model.*

Modelo ofrecen giras culturales muy baratas / a los estudiantes
Les ofrecen giras culturales muy baratas.

1. dieron mapas y guías de turismo / a mí

____

2. encuentran hoteles buenos y cómodos / a sus clientes

____

3. ayudarán con itinerarios y sugerencias / a ti

____

4. alquilaron un auto / a Roberto

____

5. consiguieron boletos para un concierto / a los turistas

____

6. buscarán los mejores guías / a nosotros

____

CE6-4 Diálogo breve. *Complete the conversation with the appropriate indirect object pronouns.*

EL GUÍA: ¿______________ va a tocar algo a los pasajeros?

SR. LEAL: Lo haría con gusto, pero... no sé dónde está mi guitarra.

EL GUÍA: Yo ______________ puedo ofrecer la mía, si ______________ promete tratarla bien.

SR. LEAL: ¡Por supuesto!... y muchas gracias. Usted es muy amable. Bueno, distinguidos señores y señoras, primero ______________ voy a cantar «Adiós muchachos», un tango típico de mi país.

UN JOVEN: (a su amiga) ¡Ay, no, los tangos son muy viejos! ¡Los bailaban nuestros abuelos y bisabuelos! Creo que este concierto no ______________ va a gustar a nosotros.

LA AMIGA: Tienes razón. ¿Por qué no ______________ dices al guía que queremos cruzar a ese restaurante a tomar algo? Tengo mucha sed... ¿______________ puedes invitar a tomar una limonada bien fría?

EL JOVEN: ¡Claro! Y si tienes hambre, ______________ puedo comprar algo de comer.

SR. LEAL: Bueno, si aquellos dos jóvenes dejan de hablar y ______________ hacen el favor de escuchar, voy a empezar con «Adiós muchachos».

CE6-5 De vacaciones. *Answer the following questions two ways, using direct or indirect object pronouns, following the model.*

Modelo ¿Piensa usted esperar (a los turistas)?
Sí, **pienso esperarlos**.
Sí, **los pienso esperar**.

1. ¿Quieres hacer (las reservaciones para los hoteles) mañana?

   Sí, ____________________.

   Sí, ____________________.

2. ¿Prometen ustedes dejar propina (al botones)?

   Sí, ____________________.

   Sí, ____________________.

3. ¿Piensas mandar una carta (a tus padres)?

   No, ____________________.

   No, ____________________.

4. ¿Puedes pedir un mapa (a la guía)?

   Sí, ____________________.

   Sí, ____________________.

5. ¿Prefieren ustedes visitar (el museo) hoy?

   Sí, ____________________.

   Sí, ____________________.

6. ¿Quiere usted dejar (su pasaporte) aquí?

   No, ____________________.

   No, ____________________.

Prepositional Object Pronouns

CE6-6 Complete las frases. *Complete the sentences with the prepositional object pronouns corresponding to the cues in parentheses.*

Modelo Las estampillas son para **mí** (yo) y el mapa es para **él** (Juan).

1. Prometo ir con ____________ (tú) si no sales con ____________ (Ernesto y Javier).

2. Los boletos son de ____________ (Ana y Sonia) pero eso es de ____________ (Luis y yo).

3. ¿Estás segura que no hubo nada entre ______________ (tú) y ______________ (Rogelio)?

4. Según ______________ (el gerente del hotel), ustedes no pueden pasar la noche con______________ (yo) sin pagar extra.

5. Como había pocos asientos libres, el guía se los dio a ______________ (las mujeres) y a ______________ (los niños). ¿Es eso caballerosidad *(chivalry)* o discriminación?

6. Todos compran algo para ______________ (la recepcionista), excepto ______________ (yo) porque ya le dejé una buena propina.

CE6-7 Minidiálogos. ***Complete the following minidialogues with prepositional object pronouns.***

Modelo UN ABOGADO: A **usted** le acusan de robar una vaca, señor.
UN HOMBRE: **¡Imposible! ¡Soy vegetariano!**

1. UNA NIÑA: Los señores no están en casa. Están de vacaciones.

 UN HOMBRE: Mejor, preciosa, nosotros sólo venimos para robarles a ______________.

2. UN HOMBRE: ¿Vio usted algún policía aquí en la estación?

 UN TURISTA: No, señor.

 EL HOMBRE: Entonces ahora mismo le ordeno a ______________ que me dé a ______________ todo su dinero, sus cheques de viajero, su reloj, su anillo *(ring)*... ¡todo su equipaje!

3. UNA NIÑA: Entre mi mamá y yo lo sabemos todo. A ______________ nos puede preguntar cualquier cosa.

 UN PASAJERO: A ver. ¿Dónde está la aduana?

 LA NIÑA: Ésa es una de las cosas que sabe mi mamá. Le debe preguntar eso a ______________.

4. UN NIÑO: Mi profesor dice que los tiempos verbales son: presente, pasado y futuro. ¿En qué tiempo está la oración: «Yo te pido dinero a ______________»?

 LA MADRE: ¡Tiempo perdido, hijo mío!

Two Object Pronouns; Position of Object Pronouns

CE6-8 Opciones múltiples. *Each of the following sentences has either the direct or the indirect object underlined. For each of them, four possible answers are given. Choose the phrase to which the pronoun might refer.*

Modelo Yo se la voy a dar después.
___ la carta **x a ellas** ___ a mí ___ el recuerdo

1. Si ustedes esperan, yo se lo pregunto.
___ al botones ___ el botones ___ la información ___ el número

2. Lo vas a necesitar en el aeropuerto. ¿Por qué no lo llevas?
___ el correo ___ la valija ___ el pasaporte ___ al doctor

3. Ellos nos los van a vender, pero a un precio más bajo.
___ a los padres ___ a ella ___ los boletos ___ la propina

4. Bueno, te las llevo hasta la estación.
___ a nosotras ___ los mapas ___ las valijas ___ a la familia

5. ¿Cuándo nos la va a traer?
___ la cuenta ___ la costumbre ___ el buceo ___ la calle

6. Prefiero dejárselas en el hotel.
___ las estampillas ___ a mí ___ a ustedes ___ los billetes

7. ¿Nos la explicas ahora?
___ la dirección ___ a nuestros hijos ___ a nosotros ___ a ella

8. No te lo puedo decir, Pedro; es confidencial.
___ a la playa ___ a ti ___ el secreto ___ el huésped

CE6-9 ¡Buen viaje! *Just before leaving for Lima, Perú, Mrs. Fernández begins to worry about whether everything is in order for the trip. Using object pronouns, form affirmative answers to the questions she asks Mr. Fernández.*

Modelos
a. SRA. FERNÁNDEZ: ¿Te marcaron las valijas?
SR. FERNÁNDEZ: **Sí, ya me las marcaron.**

b. SRA. FERNÁNDEZ: ¿Le diste nuestro número de teléfono al abogado?
SR. FERNÁNDEZ: **Sí, ya se lo di.**

1. ¿Les explicaste la situación a los vecinos?

____

2. ¿Me pusiste los documentos en la cartera?

____

3. ¿Nos reservaron los Benítez un hotel en Lima?

____

4. ¿Le dejaste los gatos a Pancho?

____

5. ¿Te dio las medicinas Graciela?

____

6. ¿Les mandaste el telegrama a los Benítez?

____

Commands

CE6-10 Preguntas para el guía. *It is the first day of a tour and the tourists are asking their guide many questions. Answer their questions with negative* ***usted*** *or* ***ustedes*** *commands, as the guide would.*

Modelos a. ¿Puedo cambiar dólares en esta pensión?
No, no cambie dólares en esta pensión.

b. ¿Debemos dejar propina aquí?
No, no dejen propina aquí.

1. ¿Puedo ir a la playa ahora?

____

2. ¿Podemos sacar fotos en este museo?

____

3. ¿Puedo comprar regalos en el aeropuerto?

____

4. ¿Debemos poner las valijas en el taxi?

____

5. ¿Debo buscar un hotel de lujo?

____

6. ¿Podemos pagar con tarjetas de crédito?

____

CE6-11 Un sábado típico. *It's Saturday night, and a lot of things are happening. Make at least eight* ***tú*** *commands based on the drawing of the apartment building. Include some negative commands.*

Modelos **Pon un CD de Ricky Martin, ¿de acuerdo?**
No pongas música clásica, por favor. No me gusta.

NOMBRE ______________________ FECHA ________ CLASE __________

CE6-12 ¡Que problema! *Read the following problems or situations and write one appropriate comment or suggestion, using the command forms indicated in parentheses. Use a different verb for each comment or suggestion.*

Modelo Estoy cansado. (tú) **Descansa un rato.** (o: **No trabajes más hoy.**)

1. Necesito unas vacaciones. (usted) ______________________
2. No sabemos a qué hora empieza la conferencia. (ustedes) ______________________
3. Tú, Ana y yo tenemos un examen difícil mañana. (nosotros) ______________________
4. Quiero sacar una buena nota. (tú) ______________________
5. Los niños tienen hambre. (mandato indirecto) ______________________
6. Tenemos sueño. (nosotros) ______________________
7. Estoy en un hotel y no hay agua caliente en el baño de mi habitación. (tú) ______________________

Commands with Object Pronouns

CE6-13 Mandatos y consejos entre amigos. *Fill in the second sentence of each series with the appropriate affirmative or negative command, using the same verb as the first sentences. Use object pronouns whenever possible.*

Modelo —No dejé las cartas en el correo ayer. ¿Qué hago?
—Pues **déjalas** hoy, Paco.

1. —Le compré los boletos a Jorge y ahora él me dice que no tiene dinero...

   —Mira, no ______________ nunca más. ¡Jorge abusa de ti!

2. —¡Dios mío! ¡Ustedes no llamaron a Susana!

   —¡Es verdad! ______________ ahora mismo. Ella nos va a perdonar, ¿no?

3. —No compramos boletos de ida y vuelta. ¿Qué hacemos?

   —______________ en la estación central. Ustedes ya saben dónde queda.

4. —No le di la bienvenida *(welcome)* a Tito Martínez. ¿Qué hago? ¿Crees que ya es tarde?

   —No, creo que no... Allí está él. ____________________ ahora, Beatriz.

5. —¿Cómo? ¿No le explicaron el problema al guía?

   —No... pero todavía hay tiempo. ____________________ inmediatamente. Él nos comprenderá.

CE6-14 De viaje. *While the Montoyas are at the Hotel La Posada, they are asked a number of things by the employees. Create appropriate responses using* **usted** *or* **ustedes** *commands. Use object pronouns whenever possible. There are many possible answers.*

Modelos ¿Dónde dejamos las valijas?
Déjenlas aquí, por favor.

¿Les doy un mapa de la ciudad?
Sí, dénos uno, por favor.

1. ¿Cierro las cortinas *(curtains)?*

   ____

2. ¿Los despertamos mañana por la mañana?

   ____

3. ¿Les puedo traer algo de tomar ahora?

   ____

4. ¿Les damos unas mantas *(blankets)* extras?

   ____

(Al otro día.)

5. ¿Limpio el cuarto ahora?

   ____

6. ¿A qué hora les servimos el desayuno?

   ____

7. ¿Les dejo toallas extras en el baño?

   ____

8. ¿Les reservamos una mesa para la cena?

   ____

9. ¿Les llamo un taxi?

   ____

Vocabulario

CE6-15 Los problemas de Pepe. *Pepe spent two weeks in Barcelona and although he enjoyed the last ten days very much, he prefers to forget his first few days there. To understand why, read the sentences below and circle the verbs in parentheses that best complete his comments.*

1. (Sacó / Tardó) cuarenta minutos en encontrar el hotel.
2. (Tomó / Llevó) un taxi que costaba mucho.
3. Asistió a una conferencia que (tardó / duró) dos horas ¡y que era muy aburrida!
4. (Dejó / Salió) para la playa sin llevar su toalla.
5. Tuvo que (salir / dejar) del agua rápidamente porque casi le atacó... ¡un tiburón *(shark)*!
6. (Se marchó / Dejó) del restaurante sin pagar la cuenta y el camarero le gritó.
7. Después (dejó / salió) su tarjeta de crédito en el restaurante.
8. Finalmente, le llevó mucho tiempo llegar a su hotel... ¡porque no recordaba (la dirección / el sentido)!

CE6-16 Saludos desde Galápagos. *Read Eduardo's letter to his grandmother about his first day in the Galápagos Islands, and then answer the questions that follow by circling the correct or most probable response.*

Querida abuela:

Hace menos de 12 horas que mis amigos y yo estamos en las islas Galápagos y yo ya saqué más de 200 fotos con mi nueva cámara digital. La verdad es que los dos mejores regalos de graduación que recibí son: este viaje –regalo de papá y mamá– y la Canon digital que tú me regalaste. Ahora te voy a contar algunas de las cosas más interesantes que visitamos y vimos hoy.

Llegamos a Galápagos esta mañana, poco antes del mediodía. Volamos primero de Quito a Guayaquil y, después de parar allí unos 40 minutos, seguimos en el mismo avión hasta Baltra, una de las pocas islas Galápagos con aeropuerto. Cruzamos en barco a la isla Santa Cruz y viajamos por autobús hasta el sur de la isla para visitar allí la Estación Científica Charles Darwin, donde se realizan investigaciones biológicas y donde se pueden ver las tortugas más grandes del planeta que desde niño –y mucho antes de saber que me especializaría en biología–, como tú bien lo sabes, siempre he tenido curiosidad por verlas con mis propios ojos. ¡Y esta tarde las vi, abuela! Son realmente gigantes. El guía nos explicó que las tortugas más grandes tienen más de un metro de largo y pesan más de 250 kilos. También dijo que las tortugas gigantes de Galápagos son realmente las más grandes del mundo y pesan más de 400 kilos. En cuanto a edad, se sabe de tortugas que han vivido 150 años y en Galápagos la más antigua debe tener más de 170 años. Está en la Estación Científica, bien cuidada y protegida, y se la conoce con el nombre de "el solitario Jorge". Para que veas que no estoy exagerando, aquí te mando una foto de dos tortugas gigantes que saqué hoy en la Estación Científica y que tal vez sean los padres de algunas de las muchas tortuguitas de un año que también vimos en el mismo lugar. Estas tortugas pequeñas son parte del programa de cría y reproducción porque las especies de tortugas gigantes están en peligro de extinción.

Bueno, abuela, me entusiasmé contándote mi encuentro personal y directo con las famosas tortugas gigantes de Galápagos pero la verdad es que hoy vimos también otras cosas muy interesantes: un increíble bosque de cactus gigantes, muchas aves de tierra, un lago situado detrás de la playa, muchos flamencos rosados ¡y algunas iguanas de tierra! Como sé que te encantan las iguanas, aquí va una foto que saqué especialmente para ti porque, como sabrás, de Galápagos no se puede llevar nada, ¡sólo fotos y lindos recuerdos!

Cariños y besos de tu nieto que te quiere mucho,

Eduardo

Vocabulario

pesan *weight* **cría** *breeding*

1. ¿Cuántas fotos sacó Eduardo durante su primer día en Galápagos?
   a. 200 b. menos de 200 c. más de 200
2. ¿Quién le regaló a Eduardo la cámara digital?
   a. su mamá b. su abuela c. su papá
3. ¿Cómo llegaron a las islas Galápagos Eduardo y sus amigos?
   a. por avión b. por barco c. por autobús
4. ¿En qué parte de la isla Santa Cruz está la Estación Científica Charles Darwin?
   a. en el norte b. en el sur c. en el este
5. ¿Qué profesión tiene Eduardo?
   a. Es guía. b. Es fotógrafo. c. Es biólogo.
6. ¿Cuánto pesan las tortugas más grandes del mundo?
   a. más de 400 kilos b. unos 250 kilos c. 400 kilos
7. ¿Qué edad aproximada tiene la tortuga gigante más antigua que se conoce?
   a. 150 años b. más de 170 años c. más de 250 años
8. ¿Qué es o quién es "el solitario Jorge"?
   a. uno de los amigos de Eduardo b. el guía de la Estación Científica c. la tortuga gigante más antigua de Galápagos

9. ¿Qué más vio Eduardo en su primer día en Galápagos?

   a. cactus gigantes b. iguanas rosadas c. tortugas acuáticas

10. Según Eduardo, ¿qué animales o aves le gustan mucho a su abuela?

   a. las iguanas b. las tortugas gigantes c. los flamencos rosados

Repaso

CE6-17 ¿Adónde llega? *You are in the Hotel Continental in an unfamiliar city. With the help of the map below, you set out to view the town. Follow the directions and fill in the missing information. (The destination reached at the end of a direction becomes the starting point for the next direction, as shown for number 1.)*

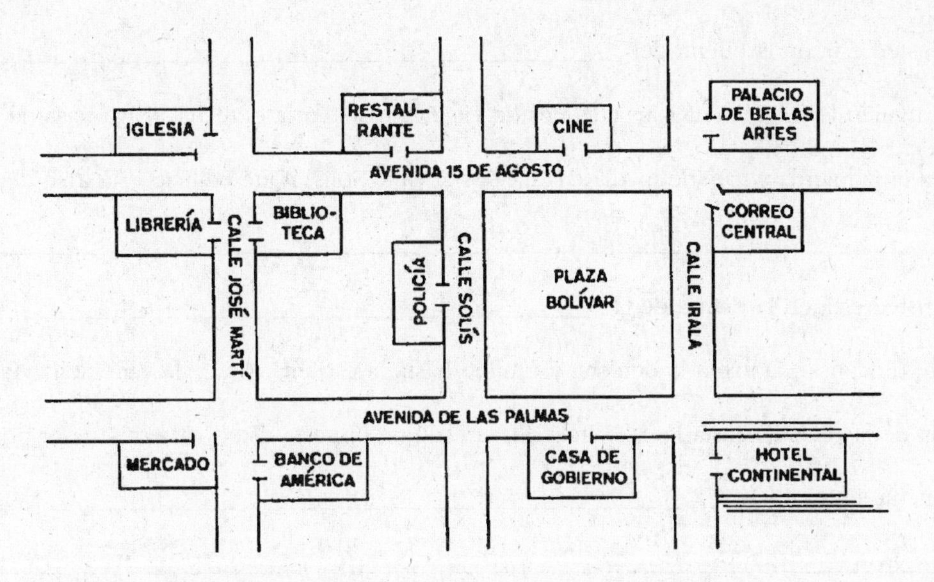

Modelo Usted está en la puerta del Hotel Continental. Doble a la derecha. Cruce la Avenida de las Palmas y siga derecho por la calle Irala. Cruce la Avenida 15 de Agosto. ¿Qué edificio ve en la esquina derecha?
el Palacio de Bellas Artes

1. Ahora usted está en la puerta del Palacio de Bellas Artes. Doble a la izquierda y cruce la Avenida 15 de Agosto. ¿Qué edificio ve usted en la esquina? _______________.

2. Ahora usted está en la puerta del _______________. Cruce la calle Irala y siga derecho por la Avenida 15 de Agosto hasta la calle José Martí. Doble a la izquierda y camine una cuadra. Cruce la Avenida de las Palmas. ¿Qué edificio ve usted a su derecha? _______________

_______________.

3. Ahora usted está en la puerta del ____.

Cruce la Avenida de las Palmas y camine una cuadra por la calle José Martí. ¿Qué edificio está en la esquina izquierda? ____.

4. Ahora usted está en la puerta de la ____.

Doble a la izquierda y cruce la Avenida 15 de Agosto. ¿Qué edificio está en la esquina? ____.

5. Ahora usted está en la puerta de la ____.

Cruce la calle José Martí y siga derecho por la Avenida 15 de Agosto. Camine una cuadra y media. ¿Qué edificio ve usted a su izquierda? ____.

6. Ahora usted está en la puerta del ____, donde alguien le roba *(steals)* sus cheques de viajero. Doble a la derecha y siga hasta la esquina. Doble a la izquierda y camine media cuadra por la calle Solís. ¿Qué edificio está a su derecha? ____.

7. Ahora usted está en la puerta de la ____ y quiere descansar. Doble a la derecha y camine hasta la esquina. Cruce la calle Solís y siga por la Avenida de las Palmas hasta la calle Irala. En la esquina opuesta usted va a descansar porque está nuevamente en el ____.

CE6-18 Temas alternativos. *Choose one of the following topics and write a paragraph about it.*

Grammar	verbs: imperative **tú** [B]
Vocabulary	countries [A]; direction and distance [B]; geography; leisure; means of transportation; time: seasons; time: months; traveling
Phrases	asking and giving advice [B]; asking for and giving directions [B]; describing places; expressing distance; expressing location; planning a vacation [B]; writing a letter (informal)

NOMBRE ______________________ FECHA ________ CLASE __________

A. Tarjeta postal. *You are in another city (not your hometown) traveling. Write a postcard to a Spanish-speaking friend describing the place you are visiting.*

B. Una carta. *A Spanish-speaking friend is planning a trip to your area. Write him or her a short letter with some advice. You might include things to bring, things not to bring, how to get to your house from the airport, or what sites of interest you recommend seeing. Use command forms when possible. (Again, you can use* **Querido(a)** *plus your friend's name at the beginning, after the date, and* **Con cariño** *as a complimentary close.)*

NOMBRE ____________________ FECHA ________ CLASE ________

CAPÍTULO **7**

Gustos y preferencias

Affirmatives and Negatives

CE7-1 Preguntas y respuestas breves. *Answer the questions, following the models.*

Modelos

a. ¿Siempre vienes a estas horas?
No, **nunca vengo a estas horas**.

b. ¿No quieren (ustedes) hacer nada?
Sí, **queremos hacer algo**.

1. ¿Alguien tiene hambre?

   No, ____.

2. ¿No cocinas nunca?

   Sí, ____.

3. ¿Quieren ir con algún amigo?

   No, ____.

4. ¿Alguna vez trató de hablar de esos problemas con alguien?

   No, ____.

5. ¿No piensa llevar ni el paraguas ni el impermeable?

   Sí, ____.

6. ¿Quieres hacer algo el viernes?

   No, ____.

CE7-2 ¿Realidad o rumor...? *A friend is trying to find out if what he has heard about you and some friends is true. Answer his questions in the negative.*

Modelo —Entre tus amigos hay alguien que sabe bailar el tango, ¿no?
—No, entre ellos **no hay nadie que sepa bailar el tango**.

1. —Tú conoces a un músico que compone sus propias canciones, ¿verdad?

   —No, ______________________________.

2. —En tu barrio hay un conjunto de jazz que toca toda la noche, ¿no?

   —No, en mi barrio ______________________________.

3. —Tienes varias amigas que quieren ser bailarinas, ¿no?

   —No, ______________________________.

4. —Estudias con alguien que está enamorado de tu mejor amiga, ¿verdad?

   —No, ______________________________.

5. —Cuando tú y tus amigos van al centro, siempre ven algo que quieren comprar, ¿no?

   —No, cuando nosotros vamos al centro, ______________________________

   ______________________________.

6. —Tu hermano aún sale con esa chica que escribe cuentos para niños, ¿verdad?

   —No, ______________________________.

CE7-3 De compras vía Internet. *A friend of yours is traveling soon and doesn't have time to go shopping. She asked for your help in searching online for some of the clothing she needs. The illustration on p. 79 depicts what you saw on your screen. Look at what you found and reply to your friend's questions using affirmative or negative words whenever possible. Give extended answers, describing the items as best you can.*

Modelo —¿Encontraste algunas faldas largas?
—No, no encontré ninguna falda larga, pero vi una falda corta de algodón estampada *(cotton print).* **Creo que te va a encantar ¡y también te va a quedar muy bien! (Lo puedes ver en www.anthropologie.com pero cuesta $98...)**

1. —¿Viste algún vestido elegante?

   —______________________________

   ____

   ____

2. —¿Encontraste blusas o tops de algodón?

   —______________________________

   ____

   ____

NOMBRE ______________________ FECHA __________ CLASE __________

3. —¿Viste zapatos cómodos?

—____

____

____

4. —¿Encontraste algunas chaquetas de verano?

—____

____

____

5. ¿Viste algunos pantalones blancos?

—

6. —¿Encontraste algunos accesorios (cinturones, bolsos, sombreros, etc.) bonitos y relativamente baratos...?

—

Gustar, Faltar, and Similar Verbs

CE7-4 Sobre gustos musicales... *Marisa, an exchange student from Perú, is telling her roommate about the kinds of music she and the people she knows like the most, and why. Looking at and deducing from the illustration below, form sentences with the elements given and the present tense of **gustar** or **encantar.** End each sentence with a possible or probable reason, as Marisa would.*

Modelo mi hermana mayor / boleros / porque...
A mi hermana mayor le gustan (encantan) los boleros porque son románticos y tienen letras muy poéticas.

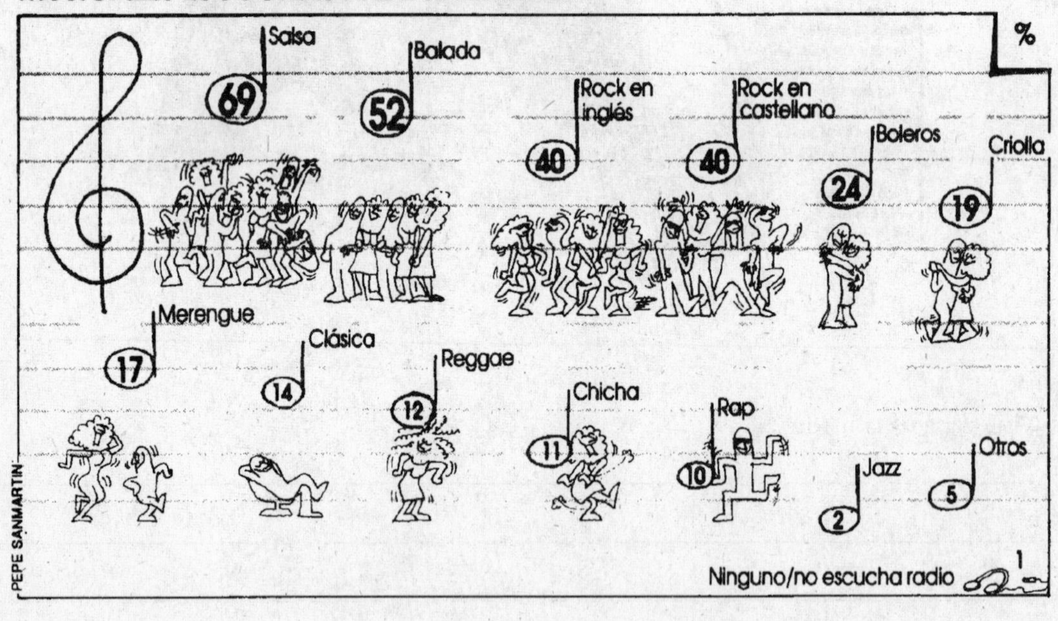

1. muchos de mis amigos / salsa / porque...

2. yo / rock (en inglés y en castellano)/ porque...

____

____

3. mis padres / merengue / porque...

____

____

4. tío José / música clásica / porque...

____

____

5. tía Carmen / boleros y baladas / porque...

____

____

6. mi hermano menor y sus amigos / la música reggae / porque...

____

____

7. mi profesora de piano / jazz y música clásica / porque...

____

____

8. mi mejor amiga y yo / rock y salsa / porque...

____

____

CE7-5 Completar ideas... *Complete the following phrases with a verb from row A and a subject from row B. Use each verb and subject only once.*

A. gustar, interesar, faltar, quedar bien, importar, encantar

B. las verduras, esa chaqueta, azúcar, los frijoles, la ópera, mis notas, ese suéter, los boleros, sal

Modelo A Jorge **le interesa la ópera**.

1. No haremos postre porque ______________________.
2. A Raquel no ______________________.
3. A mis padres ______________________.

4. Soy vegetariano.____.

5. No ____. No la compres, Ana.

The Subjunctive in Descriptions of the Unknown or Indefinite

CE7-6 La novia ideal. *Complete the following dialogue between Jorge and Pablo with the correct form of the verbs in parentheses.*

Modelo JORGE: ¿Tienes novia, Pablo?
PABLO: No, no hay nadie que me **quiera** (querer).

JORGE: ¡Qué tontería! *(What nonsense!)* Conozco a alguien que 1. ____________________ (estar) enamorada de ti.

PABLO: ¿Hablas de Marisa, la muchacha que 2. ____________________ (tener) diez años más que yo?

JORGE: ¡Qué importa la edad! Marisa es una persona que tiene muy buen gusto y que 3. ____________________ (saber) disfrutar de la vida. Además, ella 4. ____________________ (poder) cocinar los platos más exóticos. ¿Qué más quieres?

PABLO: Mi ideal de mujer es muy diferente. Necesito una muchacha que 5. ____________________ (ser) comprensiva y que 6. ____________________ (saber) algo de literatura, de música... Busco a alguien que 7. ____________________ (pensar) y 8. ____________________ (sentir) como yo.

JORGE: ¡No existe nadie que 9. ____________________ (tener) tus ideas, amigo! ¡Eres un romántico!

CE7-7 No, no y no... *Answer the questions in the negative, using the cues provided. Delete the personal* **a** *if it is not needed.*

Modelo ¿Quieres el vestido que cuesta $200,00? (menos)
No, quiero un vestido que cueste menos.

1. ¿Prefieren ustedes la ensalada que tiene verduras y frutas? (sólo verduras)

____

2. ¿Necesita José al secretario que sabe francés y alemán? (italiano y español)

____

3. ¿Busca usted la blusa que va con esa falda?
(estos pantalones)

____

4. ¿Prefieres tú el abrigo que tiene cuatro bolsillos *(pockets)?*
(dos bolsillos)

____

5. ¿Desean ustedes ir al restaurante donde siempre hay mucha gente?
(poca gente)

____

The Subjunctive with Certain Adverbial Conjunctions

CE7-8 Combine las frases. *Combine the sentences, using the cues in parentheses.*

Modelo No quiero dormir. Tú y yo bailamos un bolero antes.
(a menos que)
No quiero dormir a menos que tú y yo bailemos un bolero antes.

1. Alberto te prepara platos especiales. Tú estás loca por él.
(para que)

____

____

2. Puede llevar mi guitarra. Usted tiene ganas de tocar en la fiesta.
(en caso de que)

____

____

3. Vas a ir a jugar con tu amiga Susanita. Primero pruebas la sopa.
(con tal que)

____

____

4. Elena no piensa salir con Roberto. Yo voy con ellos.
(a menos que)

____

____

5. Generalmente no vamos al cine. Papá y mamá vienen con nosotros.
(sin que)

____

____

CE7-9 Minidiálogos. ***Complete the minidialogues using appropriate words from the list and the correct form of the verbs in parentheses. Use each word or phrase only once.***

cuando　　en cuanto　　después de que　　hasta que　　tan pronto como

Modelo　—¿Por qué no comes?
—Porque pienso comer **cuando venga** (venir) Juan.

1. —¿Vas a comprar ese chaleco que te probaste ayer?

   —Sí, me queda muy bien. Lo pienso comprar ______________ (tener) el dinero.

2. —¿Ponemos un poco de música?

   —Buena idea, pero esperemos ______________ (acostarse) los niños.

3. —¿Ya llamaste a Rosa?

   —Sí, la llamé anoche ______________ (tú) (acostarse).

4. —Mira esos pantalones. Son muy elegantes. Pruébatelos.

   —Tienes razón. Me los pruebo ______________ (terminar) de probarme esta falda.

5. —¿Quieres salir a cenar?

   —No, gracias, ya cené. Es que tenía tanta hambre ______________ (llegar) del trabajo que comí todo lo que encontré en el refrigerador...

CE7-10 Frases y más frases... ***Create six sentences by combining elements from each of the three columns. Conjugate the verbs given in infinitives when necessary.***

Modelos　a. **Usted comió después que ella llamó.**
b. **Voy a estar en casa hasta que ellos duerman.**

Usted comió	aunque	tener hambre
Siempre llegamos	para que	ella llamar
Saliste	después que	ellos dormir
Voy a estar en casa	cuando	usted venir
Aquí está el dinero	antes que	José pagar la cuenta
Él no va a comer nada	hasta que	tú comprar los dulces

1. ____

2. ____

3. ____

4. ______________

5. ______________

6. ______________

Vocabulario

CE7-11 ¿Fruta, verdura o...? *Match each of the items in Columns A and B with the appropriate classification in Column C.*

A		B		C	
1. ______	la papa	7. ______	los camarones	a.	las frutas
2. ______	el pollo	8. ______	el limón	b.	las verduras
3. ______	el tomate	9. ______	el vino	c.	las bebidas
4. ______	la naranja	10. ______	la lechuga	d.	las carnes
5. ______	las almejas	11. ______	el jamón	e.	los mariscos
6. ______	la cebolla	12. ______	el jugo		

CE 7-12 Rubén Blades, hombre de muchos talentos... *Read the following account of Ruben Blades' many talents, and then respond to the questions below by circling the correct or most probable answers.*

Cantante, autor, actor y político, Rubén Blades nació el 16 de julio de 1948 en la capital de Panamá. Su madre, nacida en Cuba, cantaba y tocaba el piano. Su padre, colombiano, fue primero jockey, luego jugador de baloncesto, después detective, pero siempre se dedicó también a la música y en particular a la percusión. Aunque su familia era relativamente pobre, el cantante creció y se formó en un ambiente artístico y de ideas avanzadas: a los 4 años ya sabía leer y escribir gracias a su abuela, feminista temprana que ya en aquella época practicaba yoga y meditación; y a los 6 años ganó un concurso de cuentos para niños de la escuela primaria y desde entonces no ha dejado de escribir.

Durante su adolescencia, los problemas económicos de la familia empeoraron y al mismo tiempo la situación política panameña con respecto a Estados Unidos, específicamente por el tema del Canal de Panamá, estaba cada vez más difícil. Sin embargo, los gustos del adolescente Rubén Blades eran pro-norteamericanos; le encantaba el rock and roll y le gustaba todo lo relacionado con la cultura yanqui de esos años. Lo que muy pronto despertó su conciencia política fueron los eventos de enero de 1964 cuando soldados de Estados Unidos no permitieron que se levantara la bandera de Panamá en una escuela secundaria de la zona del canal. Los estudiantes protestaron y se enfrentaron con los soldados norteamericanos. Hubo más de 20 civiles muertos y cientos de heridos como consecuencia de ese enfrentamiento. Poco tiempo después, el joven Rubén completó sus estudios secundarios y se matriculó en la Facultad de Derecho y Ciencias Políticas de la Universidad Nacional de Panamá, graduándose con el título de abogado en 1974. Once años después recibiría también su título de maestría de Harvard Law Graduate School.

Por razones políticas y porque no quería ser abogado bajo una dictadura, decidió dejar su país y marcharse a Miami con su familia. Allí, en Miami primero y en Nueva York después, su afición por la música—que empezó desde muy joven—lo llevó a buscar y a encontrar contactos importantes en el ambiente musical, especialmente entre los músicos y grupos de salsa. Y su éxito se inició en 1977 con la aparición de su primer álbum—en co-autoría con Willie Colón—titulado "Metiendo mano", donde se destacan dos canciones suyas que tuvieron un gran impacto especialmente entre los aficionados a la salsa. Hasta el presente ha grabado unos 20 álbumes como solista y ha ganado 4 premios Grammy. En 1980 Rubén descubrió el mundo del cine y se inauguró como actor tres años después, en una película titulada ***The Last Fight***, donde hizo el papel de boxeador-cantante, ¡lo que luego lo ayudó a vender más discos! Desde entonces ha participado como actor en más de 25 películas que incluyen ***Crossover Dreams*** (1985), ***The Milagro Beanfield War*** (1988), ***Cradle Will Rock*** (1999) ***y Secuestro Express*** (2005), y en varias para Cable televisión de Estados Unidos, entre ellas ***Dead Man Out*** (HBO, 1989), ganadora del premio ACE.

En 1994 Rubén Blades participó en las elecciones de su país como candidato a presidente y aunque no ganó las elecciones, su partido ocupó el tercer lugar entre 27 partidos políticos y obtuvo el 20% de los votos nacionales. En el año 2000 las Naciones Unidas lo nombró Embajador Mundial contra el Racismo y actualmente sigue desarrollando sus múltiples talentos como cantautor, actor y político dedicado al servicio público.

Vocabulario

se enfrentaron	*confronted*	**afición**	*inclination*
aparición	*appearance*	**ha grabado**	*has recorded*

1. ¿De qué nacionalidad es Rubén Blades?

   a. cubano   b. colombiano   c. panameño

2. ¿Dónde nació su padre?

   a. en Cuba   b. en Colombia   c. en Panamá

3. ¿Quiénes son cantantes en su familia nuclear?

   a. él y su madre   b. él y su padre   c. sus padres

4. ¿Qué ganó Rubén Blades cuando era niño?

   a. un concurso de canto   b. un concurso de cuentos
   c. un concurso de poesía

5. ¿Cuándo se despertó la conciencia política del joven Blades?

   a. antes de 1964   b. en 1964   c. después de 1964

6. ¿Cuántos muertos dejó el enfrentamiento entre estudiantes y soldados norteamericanos de enero de 1964?

   a. más de 20   b. unos 20   c. menos de 20

7. ¿Cuándo recibió Blades su título de maestría de Harvard Law Graduate School?

   a. en 1974   b. en 1985   c. en 1994

8. ¿En qué año apareció su primer álbum musical en co-autoría con Willie Colon?

   a. en 1974   b. en 1977   c. en 1983

9. ¿Aproximadamente en cuántas películas ha actuado Rubén Blades?

   a. en más de 25   b. en unas 20   c. en menos de 25

10. ¿En qué año participó Blades como candidato a presidente de Panamá?

    a. en 1964   b. en 1994   c. en 2000

NOMBRE ______________________ FECHA __________ CLASE __________

CE7-13 Confesiones de un camarero. *Complete the following paragraph with an appropriate word from the last two vocabulary sections of this chapter. (Each word should be used only once.)*

Cuando uno trabaja como camarero, es fácil formarse una idea un poco negativa de la naturaleza humana, y por eso hace mucho que yo tengo (1) ____________________ de cambiar de profesión. Muchas veces los clientes me tratan mal y entonces para mí es muy difícil ser cortés con ellos. Hay gente que tiene mucha (2) ____________________ y quiere comer en seguida. Sin embargo, pide una comida complicada y luego se queja de que el plato (3) ____________________ está frío o picante ¡o muy (4) ____________________! Hay otras personas que tienen mucha (5) ____________________ pero en vez de tomar agua, piden bebidas alcohólicas y terminan borrachos. Con estos clientes es necesario tener (6) ____________________ porque a los borrachos les puede molestar cualquier cosa. Además, no hay muchos turistas que quieran (7) ____________________ los platos típicos de nuestro país; algunos me gritan cuando les digo que no servimos «perros calientes». También hay personas deshonestas que (8) ____________________ de robar una cucharita *(small spoon)* o un tenedor *(fork)*. Cuando las veo, me dicen que ésa es una forma de conseguir un pequeño (9) ____________________ porque nuestros precios son muy altos, y yo simplemente me río. ¿Por qué? Porque el cliente puede ser insolente, descortés o deshonesto, pero para un camarero, **¡el cliente siempre tiene razón!**

CE7-14 Temas alternativos. *Choose one of the following topics and write a paragraph about it.*

ATAJO		
	Grammar	verbs: use of **gustar**; verbs: preterite and imperfect
	Vocabulary	musical instruments [A]; food (all categories) [B]
	Phrases	describing places; expressing an opinion; stating a preference

A. Una canción para el recuerdo (olvido)... *Describe a song that you really like or dislike. Tell why you like (dislike) it so much, and explain when you heard it for the first time, how old you were, where you were, with whom, and so on.*

B. Un plato que me gusta mucho. *Describe a dish that you like very much and tell when you had it or tasted it for the first time. Include a list of the ingredients and explain how to prepare it. You may need to consult a dictionary.*

____

____

NOMBRE ______________________ FECHA __________ CLASE __________

CAPÍTULO **8**

Dimensiones culturales

The Reflexive (2)

CE8-1 Un día inolvidable. *Complete the story with the appropriate forms of the verbs in parentheses to find out why Pedro will never forget the day he married Isabel.*

Yo __________________ (levantarse) a las 7:30. Papá y mamá __________________ (despertarse) un poco después, pero los tres __________________ (desayunarse) juntos a eso de las 8:00. En cinco minutos papá terminó su jugo de naranja, sus huevos fritos y su café. «Apúrate *(Hurry up)* porque es tarde», le dijo a mamá, y (él) __________________ (levantarse) y __________________ (ir) al baño *(bathroom)*. Mamá miró el reloj y cuando __________________ (darse cuenta) de la hora, corrió a su cuarto. Los dos __________________ (vestirse) más rápido que nunca, me __________________ (decir) «Hasta prontito» y __________________ (ir) al trabajo..., ¿al trabajo?... «Pero si hoy es sábado...», pensé. Me sorprendió verlos tan apurados *(in such a hurry)* y (yo) __________________ (preguntarse) qué pasaba... Tomé dos aspirinas porque tenía un dolor de cabeza *(headache)* terrible. No eran las 10:00 cuando vi que mis padres ¡y mis suegros *(parents-in-law)*! entraban en la casa...

—Supimos que anoche tú __________________ (divertirse) mucho, me dijo mi suegro.

—¿Qué? ¿anoche? ¿dónde?..., __________________ (quejarse) yo.

—¡Anoche (tú) ____________________ (reunirse) con tus amigos para celebrar tu último día de soltero!, dijo mamá.

—¡Qué!, ¿qué día es hoy?, pregunté.

—¡Domingo, Pedro! ¿O es que tú ____________________ (olvidarse) de que hoy te casas con Isabel?, comentó mi suegra.

—Pensé que era sábado, dije y ____________________ (ponerse) rojo. En ese momento llamó Isabel. «No ____________________ (dormir) anoche pensando en nuestro día», le dije. Como era obvio que no decía la verdad, todos me miraron y ____________________ (reírse). De repente *(suddenly)* yo ____________________ (sentirse) horrible. Mis padres y mis suegros ____________________ (darse cuenta) que yo estaba incómodo y ________ (callarse). «No te preocupes, mi hijo», me dijo mamá. Y agregó *(she added)*: «A veces es lindo poder acordarse de alguna mentira *(lie)* inocente». Tenía razón, siempre que recuerdo aquel día, ____________________ (reírse) sin darme cuenta...

CE8-2 La importancia de un pronombre... *Complete the sentences below by adding the appropriate reflexive pronouns when needed. Follow the models.*

Modelos a. Nosotros **nos** reunimos aquí todos los fines de semana.
b. Ayer mi jefe ________ despidió a su secretario.

1. Estoy enfermo y por eso ________ quedé en casa hoy.
2. En general, ¿a qué hora ________ despiertan ustedes a los niños?
3. La semana pasada ________ encontré diez dólares en la calle.
4. La mayoría de mis primos ________ hicieron médicos o dentistas.
5. ¿Cuándo ________ llamó Rosa?
6. Se levantó y ________ vistió a su hija en menos de diez minutos.
7. Alguien ________ preguntó por usted esta mañana.
8. Estoy segura que tú ________ vas a poner rojo cuando ella te bese.
9. ¿Por qué ____________________ irían ellos sin despedirse?
10. Nosotros ____________________ enojamos con Carolina.

NOMBRE ______________________ FECHA __________ CLASE __________

CE8-3 Historia de una vida. *Look at the drawings and write a paragraph about the life of José Rodríguez using as many reflexive constructions as possible. Possible reflexive verbs to choose from:* **casarse, enamorarse, enfermarse, graduarse, hacerse, llamarse, morirse, ponerse, preguntarse, preocuparse, quejarse, reunirse.**

The Reflexive with Commands

CE8-4 Órdenes varias... *Change the infinitive phrases given below into affirmative or negative* ***usted, ustedes, tú,*** *or* ***nosotros*** *commands, as suggested by the cues. Follow the models.*

Modelos

a. no ponerse nervioso / usted — **No se ponga nervioso.**
b. reunirse aquí / ustedes — **Reúnanse aquí.**
c. no irse / tú — **No te vayas.**
d. vestirse / nosotros — **Vistámonos.**

1. no preocuparse por eso / usted ______________________________.
2. acordarse de mí / usted ______________________________.
3. no despedirse todavía / usted ______________________________.
4. levantarse temprano / ustedes ______________________________.
5. no enojarse / ustedes ______________________________.
6. no quejarse de la comida / tú ______________________________.
7. callarse, por favor / tú ______________________________.
8. dormirse / tú ______________________________.
9. quedarse unos minutos más / nosotros ______________________________.
10. no equivocarse / nosotros ______________________________.

CE8-5 Órdenes para hoy. *Make negative commands, following the model.*

Modelo Generalmente nos acostamos temprano. (ustedes)
¡No se acuesten temprano hoy!

1. Siempre nos reunimos en el parque. (nosotros)

____

2. Generalmente me visto de azul. (usted)

____

3. Siempre nos equivocamos. (ustedes)

____

4. Generalmente me quedo en casa. (usted)

____

5. Siempre me pongo los zapatos viejos. (tú)

____

NOMBRE ______________________ FECHA __________ CLASE __________

The Reciprocal Reflexive

CE8-6 ¿Por qué? *Ana and Juan, a very happy couple, and their friend Luis, who is visiting from Spain, are discussing some friends of theirs, who are now divorced. Complete the sentences, following the models, to find out why one couple is happy and the other is separated.*

Modelos

a. (respetarse) ANA: Ellos no **se respetaban** y nosotros **nos respetamos**.

b. (entenderse) LUIS: Ellos no **se entendían** y vosotros **os entendéis**.

1. (quererse) ANA: Ellos no ______________ y nosotros ______________, ¿no?
2. (besarse) LUIS: Ellos no ______________ en público y vosotros ______________ en cualquier parte.
3. (hablarse) ANA: Ellos no ______________ mucho y nosotros ______________ constantemente.
4. (conocerse) JUAN: Ellos no ______________ como nosotros ______________.
5. (ayudarse) LUIS: Ellos no ______________ y vosotros ______________ todo el tiempo.
6. (comprenderse) ANA: Ellos no ______________ como nosotros ______________.
7. (insultarse) JUAN: Ellos ______________ pero nosotros no ______________ nunca.
8. (necesitarse) LUIS: Ellos no ______________ pero vosotros ______________ el uno al otro.

The Impersonal *Se*

CE8-7 Minidiálogos impersonales. *Answer the following questions using the impersonal* **se**.

Modelos

a. —¿Creen que el presidente está en Caracas?
—Sí, **se cree que el presidente está en Caracas**.

b. —¿No saben si eso es verdad?
—No, **no se sabe si eso es verdad**.

1. —¿Hablan de Estados Unidos en esos países?

—Sí, ____.

2. —¿No permiten ver televisión después de medianoche?

—No, ____.

3. —¿Trabajan mucho en esta clase?

—Sí, ____.

4. —¿Comen bien aquí?

—Sí, ____.

5. —¿No pueden ir allí sin corbata?

—No, ____.

6. —¿Dicen que el director está loco?

—Sí, ____.

The *Se* for Passive

CE8-8 ¿Un país ideal...? *Using the* **se** *form, create sentences from the infinitive phrases given and see whether Tierradenadie might be your ideal kind of place. Follow the models.*

Modelos	En Tierradenadie...	a. hablar diez lenguas	**Se hablan diez lenguas.**
		b. no comer carne	**No se come carne.**

1. producir muchos vegetales

____

2. necesitar estudiantes y profesores de español

____

3. no oír música clásica

____

4. no tomar agua sino Coca-Cola

____

5. ver videos todo el día

____

6. no practicar ninguna religión

____

7. buscar presidente(a) joven y dinámico(a)

____

8. no leer *The New York Times*

____

9. encontrar las frutas más deliciosas

____

10. no pagar matrícula porque... ¡la universidad es gratis!

____

CE8-9 ¡Qué mala suerte! *The Benítez family is having a day of accidents and bad luck. Tell what happened to them, using the* ***se*** *form to emphasize the accidental nature of the problem.*

Modelo Mi hermano y yo rompimos el televisor.
Se nos rompió el televisor.

1. Tú perdiste las llaves del auto.

____

2. Marisa rompió los platos.

____

3. Papá y mamá olvidaron el cumpleaños de la abuela.

____

4. Terminamos el vino.

____

5. Jorge perdió la carta de su novia.

____

Vocabulario

CE8-10 La colonización española. *Read the following sentences and circle the appropriate verbs to complete the comments on the Spanish colonization of the New World.*

1. En el siglo XVI, los españoles (realizaron / se dieron cuenta de) descubrimientos geográficos que cambiaron por completo las ideas que la gente tenía de la tierra y sus habitantes.

2. Muchos españoles se (hicieron / pusieron) soldados y exploradores.

3. Entre ellos estaba Hernán Cortés, un hombre relativamente culto *(cultured)* que (despidió a / se despidió de) sus amigos y familiares y partió para el Nuevo Mundo.

4. En México él (se encontró / se reunió) con una gran sorpresa: Tenochtitlán, la capital de los aztecas, era una ciudad impresionante.

5. Al principio los indígenas se (hicieron / pusieron) contentos porque creían que esos hombres montados a caballo eran dioses.

6. Luego (realizaron / se dieron cuenta de) que los españoles eran hombres —no dioses— y que tenían todos los defectos humanos.

7. Cortés y sus compañeros se (hicieron / pusieron) muy ricos, pero muchos de ellos sufrieron una muerte prematura y violenta.

8. Siglos más tarde, la gente (realizó / se dio cuenta de) que el arma más importante de la conquista había sido el microbio porque el sarampión *(measles)* y el resfriado *(common cold)* mataron a miles de indígenas.

CE 8-11 Atahualpa, último emperador inca. *Read the following account of the last days of Atahualpa (or Atabaliba), the last Inca emperor, and then complete the statements that follow by circling the correct or most probable answers.*

El romance que sigue está inspirado en hechos relacionados con la conquista del imperio de los incas, iniciada en 1532 cuando Francisco Pizarro invadió esa región. Poco tiempo después de invadir el territorio incaico, Pizarro mandó arrestar a Atahualpa o Atabaliba, el último emperador inca, y luego lo mandó matar. Según la historia, Atahualpa trató de comprar su libertad ofreciéndole a Pizarro llenar su prisión de oro y plata. Aparentemente éste aceptó la oferta y Atahualpa cumplió su promesa, pero igual fue ejecutado por orden del conquistador en 1533. Una versión poética de esos eventos es la que está narrada en...

El rescate de Atahualpa

Atabaliba está preso,
está preso en su prisión;
juntando está los tesoros
que ha de dar al español.
No cuenta como el cristiano,
sino en cuentas de algodón.
El algodón se le acaba,
pero los tesoros, no.
Los indios que se los traen
le hacen la relación.
--"Este metal es la plata
que al Potosí se arrancó.

NOMBRE ______________________ FECHA __________ CLASE __________

Este metal es el oro
del santo templo del sol.
Éstas las perlas que el mar
en la playa vomitó.
Éstas las piedras, esmeraldas
que el reino de Quito dio.
Estos bermejor rubíes..."
--"Éstos no los quiero yo,
que son las gotas de sangre
que mi hermano derramó".

Vocabulario

romance	balada
preso	prisionero
en cuentas de algodón	*using (bales of) cotton to keep count*
relación	relato, cuento
al Potosí se arrancó	*was extracted from Cerro Potosí (in what is now Bolivia)*
bermejos	muy rojos
derramó	*spilled*
rescate	*ransom*
cristiano	europeo, español
gotas	*drops*

1. "El rescate de Atahualpa" se relaciona con la caída del imperio de los...
   a. mayas. b. incas. c. aztecas.

2. Otro nombre para el emperador Atahualpa era...
   a. Atabaliba. b. Pizarro. c. Potosí.

3. La conquista del imperio de los incas empezó...
   a. en 1500. b. en 1532. c. en 1533.

4. Atahualpa fue ejecutado por orden de Pizarro...
   a. en 1500. b. en 1532. c. en 1533.

5. En los primeros versos del poema, Atahualpa está en...
   a. su casa. b. una prisión. c. un templo.

6. Para comprar su libertad y salir de la prisión, los indios le traen oro, plata, perlas y esmeraldas a...
   a. Atahualpa. b. Pizarro. c. Potosí.

7. Los indios traen la plata de un cerro *(hill)* rico en minerales, llamado...
   a. Quito. b. Potosí. c. Atabaliba.

8. El oro que le traen los indios a Atahualpa es...
   a. del reino de Quito. b. del templo del sol. c. del mar.

9. Atahualpa no acepta uno de los tesoros que le traen los indios y son...
   a. los rubíes. b. las esmeraldas. c. las perlas.

10. El emperador rechaza *(rejects)* los rubíes porque asocia su color con la sangre de...
    a. los cristianos. b. su pueblo. c. los conquistadores.

Repaso

CE8-12 Frases equivalentes. *Rewrite the following sentences using a construction with* **se**. *Follow the models.*

Modelos

a. Marta rompió un plato. — **Se le rompió un plato (a Marta).**
b. Dicen que allí no hay niños. — **Se dice que allí no hay niños.**
c. Liz mira a Leo y Leo mira a Liz. — **Liz y Leo se miran.**

1. Creen que los mayas inventaron el concepto del cero.
____
2. Tú perdiste las llaves del auto.
____
3. Hacen guitarras muy buenas en España.
____
4. Pedro quiere a Marta y Marta quiere a Pedro.
____
5. En Perú bailan la criolla y la chicha.
____
6. Producen mucho café en Colombia y en Brasil.
____
7. Mario necesita a María y María necesita a Mario.
____
8. ¡Ustedes olvidaron el día de mi santo!
____

CE8-13 Receta para preparar sangría. *Form sentences following the model; then follow the recipe for a delicious sangría for fifteen to twenty people.*

Modelo empezar / la preparación unas seis horas antes de la fiesta
Se empieza la preparación unas seis horas antes de la fiesta.

1. lavar / todas las frutas (dos manzanas, dos naranjas, un limón)
____
2. cortar / las frutas en pedazos *(pieces)* pequeños
____
3. poner / toda la fruta cortada en un recipiente *(container)* grande
____

4. agregar *(add)* / dos litros de vino tinto, dos litros de *Seven-Up* y un litro de jugo de naranja

____

5. revolver *(stir)* / todo con una cuchara grande

____

6. poner / la bebida en el refrigerador o agregar hielo *(ice)* en el recipiente

____

7. servir / esta sangría deliciosa a todos los presentes

____

CE8-14 ¿Verdadero o falso? *For each of the following statements, circle* **V (verdadero)** *if the statement is true and* **F (falso)** *if it is false.*

Modelo En el mundo hispano hay una gran variedad de razas y culturas. (Ⓥ F)

1. La papa es una contribución árabe a la cultura hispánica. (V F)
2. Muchos alimentos, como el maíz y la papa, vinieron de África. (V F)
3. Los españoles trajeron el tomate y el tabaco a América. (V F)
4. En América Central los españoles se encontraron con tres civilizaciones indígenas: la maya, la azteca y la inca. (V F)
5. Los incas sabían mucho de medicina. Incluso hacían operaciones delicadas. (V F)

CE8-15 Temas alternativos. *Choose one of the following topics and write a paragraph about it.*

ATAJO	
Grammar	verbs: past [A]; verbs: impersonal [B]
Vocabulary	food: general; food: meals, leisure, people, religious holidays [B]; school: studies, sports; time: calendar
Phrases	talking about the past [A]; describing people [B]; decribing places [B]

A. Un día en mi vida. *Describe what you did yesterday, from the moment you woke up in the morning until you went to bed at night. Use at least six different verbs from the following list:*

acostarse	despertarse	lavarse	reunirse
desayunar(se)	dormir	levantarse	saludar
despedirse	ir (se)	ponerse	vestirse

B. «Tierraperfecta», un país ideal. *Describe the ideal country, using at least eight constructions with* **se**. *What would it be like in Tierraperfecta?*

Modelo **En Tierraperfecta no se dan exámenes...**

NOMBRE ________________________________ FECHA __________ CLASE ____________

CAPÍTULO **9**

Un planeta para todos

The Imperfect Subjunctive

CE9-1 La Reserva de la Biosfera del Manu. *Claudia is telling a friend about a recent trip. Complete their conversation with the appropriate past forms (subjunctive or indicative) of the verbs in parentheses.*

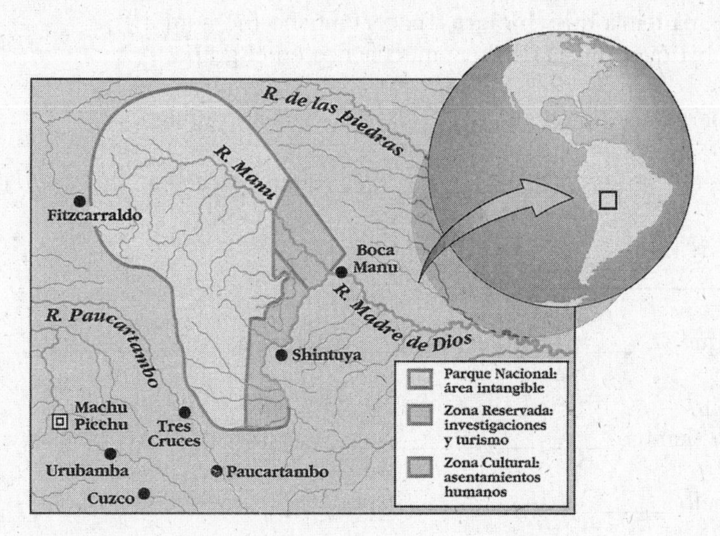

CLAUDIA: ¿Sabes que (nosotros) ______________________ (ir) a la Reserva de la Biosfera del Manu el mes pasado?

JUAN: ¿Ah sí? ¡Qué interesante! ¿Y qué tal les fue? Estoy seguro de que allí (ustedes) ______________________ (ver) plantas y animales exóticos, ¿no?

CLAUDIA:	Sí, tuvimos un guía con mucha experiencia. Sólo que era muy estricto. Insistió en que (nosotros) ____________________ (quedarse) en los senderos. No quería que ____________________ (hablar) en voz alta. Y cuando íbamos en canoa, prohibió que los niños ____________________ (poner) las manos o los pies en el agua. Yo pensaba que eso no ____________________ (tener) sentido hasta que nos ____________________ (explicar) que había pirañas en el agua.
JUAN:	¿Pirañas? ¡Huy! ¡Dios mío! Me imagino que los niños ____________________ (seguir) sus consejos... ¿Vieron algún caimán?
CLAUDIA:	Sí, ¡dos!, y vimos un jaguar y muchas especies de pájaros y mariposas.
JUAN:	¿Y qué tal el tiempo?
CLAUDIA:	Muy bueno. Nos alegramos mucho de que no ____________________ (llover); en eso tuvimos mucha suerte.
JUAN:	No dudo que lo ____________________ (pasar) muy bien. ¡Cómo me gustaría ir allí a mí también! Algún día, quizás...

CE9-2 ¡Por favor, mamá! *At camp, Alicia is telling her friend Luisa why her mother did not want her to go camping. Complete the sentences with the imperfect subjunctive or indicative of the verbs in parentheses to find out the arguments Alicia had to confront.*

Modelos
a. Mamá temía que **hiciera** (hacer) mucho frío aquí.
b. Sabía que **había** (haber) muchachos en el grupo.

1. Quería que mis hermanos ____________________ (venir) conmigo.
2. Esperaba que ustedes no ____________________ (querer) acampar *(to camp)* en un lugar tan alto de la montaña.
3. Dudaba que yo ____________________ (cuidarse).
4. Tenía miedo de que yo ____________________ (caerse) o ____________________ (tener) un accidente.
5. Pensaba que uno siempre ____________________ (lastimarse) en las montañas.
6. Creía que algo malo ____________________ (poder) pasarnos.
7. No le gustaba que tú y yo ____________________ (estar) aquí con muchachos que ella no conoce.
8. Insistió en que yo ____________________ (traer) un abrigo y muchas medicinas.
9. Ella estaba segura de que (yo) ____________________ (ir) a necesitarlos.
10. Finalmente me pidió que ____________________ (volver) lo antes posible. ¿Te imaginas? ¡Pero así es mamá...!

NOMBRE ______________________ FECHA __________ CLASE __________

CE9-3 Del presente al pasado. *Change the following sentences to the past, following the models. Use the imperfect subjunctive or indicative, as appropriate.*

Modelos

a. Tengo un amigo que sabe mucho de ecología.
Tenía un amigo que sabía mucho de ecología.

b. No hay nadie aquí que sepa mucho de ecología.
No había nadie aquí que supiera mucho de ecología.

1. Conocemos a alguien que sólo compra envases retornables.

   ____

2. Hay gente que nunca piensa en el futuro.

   ____

3. ¿Necesitas algo que te calme los nervios?

   ____

4. Buscan al guía que trabaja en «Ecoturismo tropical».

   ____

5. ¿Quieres un suéter en caso de que haga fresco?

   ____

6. No conozco a nadie que se cuide tanto como ella.

   ____

CE9-4 Superverde. *According to the advertisements, the new all-organic miracle plant food Superverde will do wonders for any garden. Write six sentences about Don Ingenuo, who bought some for his fruits, vegetables, and flowers. Use your imagination and the following expressions:*

Compró Superverde porque...
Por fin decidió que Superverde...
Se alegraba de que Superverde...
Temía que Superverde...
Usó Superverde hasta que...

____

____

____

____

____

____

____

If Clauses (1)

CE9-5 Consejos de un hijo fanático. *Roberto is majoring in environmental science in college; when he comes home for the holidays he gives his family a lot of advice. To find out what he says, form sentences with if clauses, following the model.*

Modelo manejar menos / no contaminar tanto el aire
Si manejaran menos, no contaminarían tanto el aire.

1. usar más transporte público / proteger el medio ambiente

____

2. hacer *car pools* / no gastar tanto en gasolina

____

3. caminar más / sentirse mucho mejor

____

4. reciclar los periódicos / no colaborar en la destrucción de tantos árboles

____

5. no prender *(turn on)* el aire acondicionado / conservar energía

____

6. apagar las luces al salir de una habitación / ahorrar dinero

____

7. tener una huerta / comer frutas y verduras frescas

____

8. comer más frutas y verduras / probablemente vivir más

____

9. plantar árboles en el patio / tener sombra *(shade)* en el verano

____

10. y / seguir mis consejos / ¡ayudar a mejorar la salud de nuestro planeta!

____

NOMBRE ______________________ FECHA __________ CLASE __________

CE9-6 Ideas sueltas... *Complete the sentences with the correct forms of the verbs in parentheses.*

Modelos
a. Mis primos hablan como si **fueran** (ser) ecólogos profesionales.
b. Iré al centro de reciclaje si **tengo** (tener) tiempo.

1. Yo te acompañaría con gusto si (tú) ____________________ (querer) ir allí a reciclar tus periódicos.
2. Si nuestros amigos lo desearan, ____________________ (poder) mejorar el ambiente.
3. Si Luisa ____________________ (ir) al mercado, estoy seguro de que ella compraría sólo envases retornables.
4. ¿Siempre caminas al trabajo si ____________________ (hacer) buen tiempo?
5. Mis compañeros de cuarto usan papel como si ____________________ (tener) una fábrica de papel.
6. José Luis tomó dos litros de agua, ¡como si ____________________ (acabar) de cruzar el desierto del Sahara!
7. ¿Vivirían tus padres en esta ciudad si el aire no ____________________ (estar) tan contaminado?

Adverbs

CE9-7 Entrevista con una estudiante de intercambio. *Ana María is an exchange student from Uruguay. Her friend Susie has a lot of questions to ask her about South America. Complete the interview with adverbs formed from the adjectives in parentheses.*

Modelo
—¿Te gusta California?
—¡Me encanta! Aquí **sinceramente** (sincero) me siento muy feliz.

1. —¿Qué haces durante tus vacaciones?

   —____________________ (general) voy a la playa en el verano y al campo en el invierno.

2. —¿Tienen vacaciones en el invierno?

   —Sí, pero son ____________________ (relativo) cortas: ____________________ (sólo) dos o tres semanas en julio.

3. —¿Frío en julio?

   —¡Claro! Cuando aquí hace frío, allí hace calor y viceversa. Es ____________________ (exacto) al revés que en este país.

4. —¿Entiendes todo lo que decimos?

   —No siempre. ¡Ustedes hablan muy ____________________ (rápido)!

5. —¡Ustedes también! ¿Quieres que te hable más ____________________ (lento)?

   —No, a ti te entiendo bien. Tú pronuncias todo ____________________ y ____________________ (preciso, cuidadoso).

6. —¿No tienes problemas con tu hermana «yanqui»?

—¡En absoluto! Nos entendemos ____________________ (perfecto).

7. —¿Sabe español ella?

—Sí, y lo habla ____________________ y ____________________ (claro, correcto).

CE9-8 Complete los párrafos. *Complete the paragraphs with the correct forms of the words in parentheses.*

Modelo (mucho) Te aconsejo que lleves **mucha** ropa de invierno porque en este momento allí hace **mucho** frío. Sabes que **muchas** veces se cierran las escuelas porque nieva **mucho**.

1. (bastante) No se preocupen por nosotros. Tenemos ____________________ dinero para el viaje y llevamos ____________________ cosas para regalar a los amigos. Pensamos descansar ____________________, sacar ____________________ fotos y también dormir ____________________.

2. (demasiado) El verano pasado Catalina no fue al campo conmigo. Los muchachos tenían ____________________ problemas y dependían ____________________ de ella. Como este año ella no tiene ____________________ responsabilidades, va a ir a las montañas primero y a visitar a sus padres en el campo después. Necesita un buen descanso. Trabajó ____________________ y realmente está ____________________ cansada.

3. (poco) Allí hay ____________________ servicios de salud pública, ____________________ ayuda económica y ____________________ trabajo. En general los niños de familias pobres comen ____________________ carne y toman ____________________ leche. Es lógico entonces que también vivan ____________________.

The Infinitive

CE9-9 Frases sinónimas. *Rewrite the sentences with* ***al*** *+ infinitive or* ***a*** *+ infinitive, as appropriate, following the models.*

Modelos

a. Cuando salí, él entró.
Al salir, él entró.

b. ¡Estudia, hija mía!
¡A estudiar, hija mía!

1. En cuanto llegó, pidió las semillas y fue a plantarlas.

____

2. Piensa viajar tan pronto como acaben las clases.

____

3. Soñé que alguien me decía: «¡Cuide su huerta, don José!»

____

4. Se fue cuando empezó a llover.

____

5. ¡Descansemos en la playa!

____

6. Luego que bajé del tren me di cuenta de la hora.

____

CE9-10 Un viaje de ecoturismo. *Combine the sentences using infinitives and the prepositions given in parentheses. Follow the model.*

Modelo Varios turistas fueron al Parque Amacayacu. Vieron la flora y la fauna de allí. (para)
Varios turistas fueron al Parque Amacayacu para ver la flora y la fauna de allí.

1. Los turistas visitaron todo el parque. No hicieron mucho ruido. (sin)

____

2. Caminaron varios kilómetros. Se cansaron. (hasta)

____

3. Descansaron media hora. Siguieron adelante. (antes de)

____

4. Estuvieron muy contentos. Vieron pájaros de colores brillantes. (de)

____

5. Al día siguiente una señora fue al mercado de Leticia. Compró algunos recuerdos. (para)

____

6. Su esposo no la acompañó. Estuvo muy cansado. (por)

____

CE9-11 Más frases sinónimas. *Rewrite the following sentences using the infinitive construction, following the model.*

Modelo Permitieron que ellos volvieran después de medianoche.
Les permitieron volver después de medianoche.

1. ¿Prohíbes que yo hable del accidente con Pedrito?

____

2. Mandaron que lleváramos las latas al centro de reciclaje.

____

3. ¿Mandan que nosotros hagamos eso?

____

4. No permito que ustedes desperdicien la comida.

____

5. Prohibimos que nuestra hija tirara envases retornables en la basura.

____

The Verb *Acabar*

CE9-12 Expresiones con acabar. *Substitute the verb* ***acabar*** *or an expression with* ***acabar*** *(**acabar bien, mal, acabar de** + infinitive) for the underlined words or phrases.*

Modelos

a. ¿A qué hora van a terminar eso?
¿A qué hora van a acabar eso?

b. Nuestro viaje tuvo un final maravilloso.
Nuestro viaje acabó bien.

1. ¡Hace un minuto que llegamos aquí!

____

2. La película tuvo un final feliz.

____

3. Hace mucho frío y no trajimos chaquetas. Creo que nuestras vacaciones van a tener un mal final.

____

____

4. ¿Es verdad que hace muy poco volviste de Costa Rica?

____

5. Tiene que ir a la huerta porque se le terminaron los tomates.

____

____

6. ¿Hace sólo unos minutos que llamaron ustedes a Susana?

____

____

Vocabulario

CE9-13 Antónimos. *Complete the sentences with the antonyms, or opposites, of the underlined words.*

Modelo En invierno me canso más y **descanso** menos.

1. ¿La contaminación del aire va a empeorar o a ______________________?
2. ¿Te diviertes más en el invierno o en el ______________________?
3. Ahora tengo calor pero hace un rato tenía ______________________.
4. ¿Le prohíbe usted tomar alcohol pero le ______________________ fumar?
5. Ellos tienen mucha hambre pero ______________________ sed.

CE 9-14 Vacaciones en Puerto Rico. *Read Noemí's letter to her friend Verónica about the latter's visit to Puerto Rico in the very near future, and then answer the questions that follow by circling the correct or most probable response.*

21 de mayo de 2006

Querida Verónica:

Me alegró muchísimo recibir tu carta y saber que pronto vendrás a visitarme y a conocer esta "isla del encanto" que es mi tierra natal. Me dices que llegas a San Juan el 15 de julio y que piensas quedarte hasta el 2 de agosto. ¡Qué suerte! Vas a estar con nosotros más de dos semanas y también estarás aquí para mi cumpleaños, el 22 de julio, justo una semana después de tu llegada.

Me pides que te dé algunos datos de la historia de Puerto Rico y, para empezar, te cuento algo que te va a sorprender y es que ¡esta isla fue descubierta el mismo día y mes de tu cumpleaños! Sí, Cristóbal Colón la descubrió el 19 de noviembre de 1493. En esa época la isla estaba poblada por unos 60.000 taínos, indígenas pacíficos que se dedicaban a la pesca y a la agricultura.

En cuanto a lugares para visitar durante tu visita ¡hay muchos y pienso acompañarte a todos los que tú quieras! ¿Sabías que actualmente Puerto Rico es la isla del Caribe más visitada por los turistas? Uno de sus grandes atractivos es la capital, San Juan, ciudad que todavía conserva los legados y refleja las influencias de sus antepasados: los españoles, los taínos y los africanos. Entre los monumentos históricos más importantes de la capital se encuentra el castillo del Morro, protagonista de muchas batallas entre españoles e ingleses en los siglos XVI, XVII y XVIII, como también de la guerra hispanoamericana, entre España y Estados Unidos, en 1898, cuando Puerto Rico pasó a formar parte de Estados Unidos.

Recuerdo que tú eres amante de la naturaleza y por eso pienso llevarte al Bosque del Yunque. Allí vas a bañarte en sus cascadas, disfrutar de nuestra artesanía y comer comida típica. Probablemente vas a querer visitar el área central-norte donde está el sistema de cavernas subterráneas más grande del Caribe y de los Estados Unidos. Como sé que te gusta el "surfing", también podríamos ir hacia el oeste donde están las mejores playas para practicar "surfing". Y para sacar las fotos panorámicas más hermosas que te puedas imaginar, tendríamos que ir al sur, sin duda ¡una de las áreas más bellas de todo el Caribe!

Bueno, Verónica, espero que pronto me mandes todos los detalles relacionados con tu llegada — compañía aérea, número de vuelo, hora de llegada...— y estaré esperándote en el aeropuerto, ansiosa de volver a verte ¡después de tanto tiempo!

Cariñosamente,
Noemí

1. A qué isla se la conoce como la "Isla del encanto"?
   a. a Cuba   b. a Puerto Rico   c. a República Dominicana
2. ¿De dónde es Noemí?
   a. de Puerto Rico   b. de Cuba   c. de República Dominicana
3. ¿Cuánto tiempo va a quedarse Verónica en Puerto Rico?
   a. 2 semanas   b. más de 2 semanas   c. menos de 2 semanas
4. ¿Cuándo es el cumpleaños de Noemí?
   a. el 22 de julio   b. el 2 de agosto   c. el 19 de noviembre
5. ¿Cuándo es el cumpleaños de Verónica?
   a. el 22 de julio   b. el 2 de agosto   c. el 19 de noviembre
6. ¿En qué siglo se descubrió Puerto Rico?
   a. en el siglo XIV   b. en el siglo XV   c. en el siglo XVI
7. ¿Qué indígenas poblaban Puerto Rico a la llegada de Cristóbal Colón?
   a. los aztecas   b. los incas   c. los taínos
8. ¿Cuál es la isla del Caribe más visitada por los turistas?
   a. República Dominicana   b. Cuba   c. Puerto Rico
9. ¿Qué hay en el área central-norte?
   a. el Bosque del Yunque   b. las cavernas subterráneas   c. el castillo del Morro
10. ¿Dónde se puede ver mucha naturaleza y sacar lindas fotos panorámicas?
    a. en el oeste   b. en el sur   c. en el norte

Repaso

CE9-15 La respuesta apropiada. ***Choose the most appropriate or logical response.***

1. Creo que la explosión demográfica es un problema muy grave.
   a. Sí, hoy día el control de la natalidad es casi una necesidad.
   b. Bueno, los recursos humanos son muy problemáticos.
   c. De acuerdo. Estamos en peligro de extinción.

2. Quisiera ser ecologista profesional.
   a. Entonces tienes que tener una huerta y cultivar algunas verduras.
   b. Me imagino que vas a seguir cursos de estudios ambientales en la universidad, ¿no?
   c. ¿Ecologista? ¿Es que vas a hacer ecoturismo?

3. Siempre que sea posible, compro productos con envases retornables.
   a. Lógico, para tener muchas latas en casa.
   b. Buena idea. Pienso que hay que reciclar todo lo posible.
   c. Nosotros también compramos productos orgánicos.
4. La contaminación por el ruido es un gran problema en las ciudades.
   a. Tienes razón. En las ciudades hay basura por todas partes.
   b. Por eso no tomo agua a menos que sea embotellada.
   c. Sí, por eso mucha gente de la ciudad sufre de problemas relacionados con el sueño.
5. Nos aconsejaron que no desperdiciáramos el agua porque ha llovido muy poco este año.
   a. Es que los ríos están muy contaminados en esta zona.
   b. Entonces, la calidad del agua empeoró, ¿no?
   c. Lógico. Hay que decirles a los niños que no dejen correr el agua cuando no la están usando.
6. ¡Uf! ¡Qué contaminado está el aire hoy!
   a. Será por la capa de ozono, que no nos deja respirar.
   b. Sin embargo, ha mejorado la calidad del oxígeno, ¿no?
   c. Entonces hoy los niños no deben salir a jugar afuera.

CE9-16 Temas alternativos. *Choose one of the following topics and write a paragraph about it.*

ATAJO	
Grammar	verbs: *if* clauses; verbs: present
Vocabulary	animals: birds; animals: domestic; animals: fish; animals: wild; beach; countries [A]; health: diseases and illnesses [B]; plants: flowers; plants: trees
Phrases	expressing an opinion [B]; describing weather; describing places; expressing location [A]; writing a letter (formal) [A]

A. Una tarjeta postal. *Imagine that you are on vacation, enjoying a few days of* **ecoturismo** *somewhere in Central or South America (***Costa Rica, Perú, Ecuador, Venezuela***, etc.). Write a postcard to your Spanish teacher, using the following format:*

(lugar y fecha)

Estimado(a) profesor(a):

1. *two or three sentences telling him/her where you are, how long you'll be there, what you have seen so far, and so on*
2. *two or three sentences describing a specific place you've visited that impressed you very much, and why*
3. *a brief comment about the country, the people, and their attitudes toward ecotourism and ecology in general*

[Include the following elements in your postcard: a sentence using **como si** *and another sentence with* **si** *+ the imperfect subjunctive.]*

Cordialmente,
(your name and and last name)

B. Problemas ambientales graves. *Think of the three worst environmental problems which you feel are threatening the quality of life in your country (or in the region where you and your family live). List them in order of severity, starting with the problem you consider the most damaging, and explain why. Also give your ideas on how to solve or alleviate these problems.*

CAPÍTULO **10**

Imágenes y negocios

Past Participles as Adjectives

CE10-1 ¿Visita inoportuna...? *Nubia is telling a friend about her visit yesterday with Alicia and Mario. Based on the drawing, complete her description using past participles of the verbs listed. Use each verb only once.*

abrir	cerrar	deprimir(se)	interesar	sentar(se)
callar(se)	concentrar(se)	enojar(se)	preocupar(se)	separar(se)

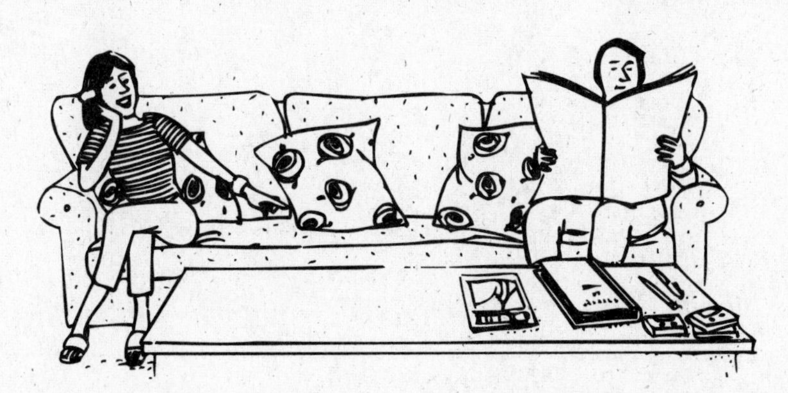

Alicia y Mario estaban ____________________ en el sofá grande. No estaban juntos sino bien ____________________, uno en cada extremo del sofá. Alicia parecía ____________________ en hablar con Mario; estaba contenta y no parecía ____________________. Miraba algunos objetos que estaban en la mesita: dos cintas, dos libros ____________________ y un par de cosas más. Mario estaba

____________________ en un artículo de un periódico que tenía ____________________ enfrente de él.

Ambos no se hablaban; estaban muy ____________________. ¿Será que llegué en un mal momento...?

¿Estarían ____________________ por alguna razón? Realmente lo dudo. Más bien pienso que Mario estaría

____________________ por algo o muy interesado en su lectura...

CE10-2 ¡Compremos una minivan! *Josefina is trying to convince her husband that they need a new minivan. Complete Josefina's description of it to her husband using the appropriate past participles of the verbs in parentheses.*

¿Por qué insisto ahora en comprar una minivan...? Es que el otro día vi y leí un anuncio muy bien ____________________ (1. pensar) y ____________________ (2. diseñar) en una de mis revistas. La revista estaba ____________________ (3. abrir) justo en la página del anuncio con dos minivans muy atractivas. Es obvio que el anuncio está ____________________ (4. dirigir) a matrimonios con niños y, en particular, a madres como yo, con hijos pequeños. Es que en la parte inferior del anuncio se ven dos imágenes significativas: una que muestra a dos mujeres ____________________ (5. abrazar), sonrientes y felices; y otra donde hay un bebé (o niñito) que parece muy contento, ____________________ (6. sentar) en un asiento ____________________ (7. integrar), opcional para niños. Es obvio que estos asientos son más seguros que los asientos portátiles tradicionales. Según el anuncio, estas minivans también vienen ____________________ (8. equipar) con cinturones *(belts)* de seguridad en los asientos de atrás y se venden mucho porque están ____________________ (9. hacer) con la idea de maximizar la comodidad y la seguridad de los clientes. Y ahora, mi amor, ¿qué te parece si vamos a mirar algunas minivans...?

The Perfect Indicative Tenses

CE10-3 ¿Qué ha pasado...? *Ramón has returned to his home town after a ten-year absence and runs into an old friend, who tells him what has happened during those years. Complete his account with the present perfect of the verbs in parentheses.*

Modelos a. Yo **me he casado** (casarse) con Alicia, ¿la recuerdas?
Los Pérez **han comprado** (comprar) una hermosa casa en la capital.

1. Mis padres ____________________ (ahorrar) unos pesos y piensan gastárselos en Italia.
2. Alicia ____________________ (obtener) su título de ingeniera industrial.
3. Juan, Paco, Alicia y yo ____________________ (abrir) un negocio de "Internet Café" en la estación central.
4. En menos de diez meses nuestros ingresos ____________________ (mejorar) mucho.
5. Como puedes ver, ____________________ (invertir) muy bien nuestro dinero.
6. En cambio, los dueños de la tienda «Los dos amigos» ____________________ (tener) que venderla para pagar todas sus deudas.
7. Mi familia también ____________________ (aumentar) últimamente. Este julio pasado nació mi primer hijo.
8. Y ahora dime tú, ¿dónde ____________________ (estar) (tú) todos estos años?

CE10-4 Un año de mucha suerte. *Paco and Rosa have had a very good first year in business, and they are celebrating it with a party. To find out some things about their new business, complete Rosa's comments with the past perfect tense of the underlined verb.*

Modelo En enero ya <u>éramos</u> dueños de la compañía pero antes sólo **habíamos sido** clientes.

1. En 2003, Paco <u>enseñó</u> economía en Berkeley; ____________________ lo mismo en Harvard antes.
2. El mes pasado nuestra compañía <u>contrató</u> a tres mujeres pero hasta entonces ¡sólo ____________________ a una!
3. Ayer <u>gastamos</u> mucho pero me preocupaba más lo que ____________________ durante los últimos dos meses.
4. Sonia y Luis <u>trabajaron</u> aquí unos meses; antes ____________________ en una oficina.
5. Este año <u>vendí</u> bastante pero pensé que ____________________ más.
6. Esta semana no <u>invertimos</u> nada pero no hay que olvidar que ya ____________________ mucho la semana pasada.
7. Hace unos días <u>hice</u> un buen negocio pero la verdad es que ____________________ uno mejor ¡contratándote a ti como gerente de esta compañía!

CE10-5 Predicciones para el año 2015. *Don Predícelotodo is making predictions about what the world will be like in the year 2015. To see what he foretells, complete the sentences with the future perfect tense of the verbs in parentheses.*

Modelo La ciencia médica **habrá descubierto** (descubrir) cómo curar el cáncer.

1. La energía solar ______________ (sustituir) al petróleo como fuente *(source)* principal de energía.
2. La compañía TREF ______________ (inventar) un robot económico que pueda preparar platos hispanos típicos ¡en cuatro o cinco minutos!
3. América del Sur ______________ (convertirse) en Estados Unidos de América del Sur.
4. Los países del tercer mundo ______________ (conseguir) mejorar su situación económica.
5. El primer bebé de probeta (*test-tube baby*) ______________ (escribir) el libro más vendido del año: su autobiografía.
6. La primera expedición ruso-americana a Marte ______________ (volver) a la tierra después de un viaje exploratorio exitoso (*successful*).
7. Finalmente, otros grandes síquicos y yo ______________ (morir) de viejos y cansados.

CE10-6 Diálogos breves. *Answer the questions by completing the sentences with the conditional perfect of the verbs in parentheses.*

Modelo —¿Estaban Elena y Sara en la biblioteca?
—Lo dudo. Nosotros las **habríamos visto** (ver).

1. —¿Ya conseguiste el trabajo que querías?

   —Todavía no. Tú ya lo ______________ (saber).
2. —¿Resolvieron sus problemas de dinero los Gómez?

   —Lo dudo. Ellos ______________ (pagar) sus deudas.
3. —¿Le pagaron a Pablo 800 dólares por el trabajo de publicidad que hizo?

   —Pienso que sí. Él no lo ______________ (hacer) por menos.
4. —¿Pasaron mucho tiempo en Europa?

   —No fuimos. Decidimos no ir porque ______________ (gastar) demasiado.
5. —¿Volviste con tu ex-esposa?

   —¡Por supuesto que no! ¿______________ (volver) tú?
6. —¿Te pareció cara esa casa?

   —¡Carísima, pero muy linda! Por 30.000 dólares menos, yo la ______________ (comprar).
7. —¿Pagó ese precio Susana?

   —Probablemente no. Ella ______________ (regatear).

NOMBRE ______________________ FECHA __________ CLASE __________

The Present Perfect and Past Perfect Subjunctive

CE10-7 Del indicativo al subjuntivo. *Complete the sentences, following the models.*

Modelos
a. Lo ha vendido y es una lástima que **lo haya vendido**.
b. Aún no han vuelto pero ¿es posible que **aún no hayan vuelto**?

1. Ella lo ha dicho pero ellos dudan que ______________________.
2. Yo he escrito pero nadie cree que ______________________.
3. ¿Le has pagado y él niega que ______________________?
4. Han ahorrado mucho y es bueno que ______________________.
5. ¿Él ha anunciado el producto y usted no se alegra de que lo ______________________?
6. ¿Las has mantenido y ellas niegan que ______________________?
7. Se han ido solos y realmente sentimos que ______________________.
8. Hemos malgastado tu dinero, ¿y tú te alegras de que lo ______________________?

CE10-8 Comentarios diversos. *Complete the response to each statement using the past perfect subjunctive, following the model.*

Modelo
Había mejorado el producto.
El vendedor negó que **hubiera mejorado el producto**.

1. Habíamos hecho un buen negocio.
   ¿Dudaba usted que nosotros ______________________?
2. Yo había conservado electricidad.
   Ustedes no creyeron que ______________________.
3. Se habían malgastado los ingresos.
   El director no creía que ______________________.
4. Tú habías ahorrado 10.000,00 dólares en un año.
   Me sorprendió que ______________________.
5. Ellos habían invertido todo su dinero en el negocio.
   ¿Era posible que ______________________?
6. Alfredo había negociado un buen sueldo.
   Era muy dudoso que ______________________.

CE10-9 Más comentarios... *Complete each sentence with a compound form of the subjunctive (present or past perfect), following the models.*

Modelos
a. ¿Duda usted que la publicidad **haya costado** (costar) tanto dinero?
b. No creían que los dueños **hubieran vendido** (vender) su negocio por tan poco.

1. Temo que el dueño ya ____________________ (aumentar) el alquiler.
2. Era imposible que el comerciante ____________________ (hacer) eso.
3. Dudaba que mis padres lo ____________________ (comprar).
4. Nos sorprendió que tú ____________________ (casarse) con él.
5. Usted se alegra de que nosotros ya ____________________ (volver), ¿no?
6. No creemos que ustedes ____________________ (dirigir) ese proyecto.
7. Alicia sintió mucho que yo no ____________________ (divertirse).
8. ¿No es increíble que allí se ____________________ (promocionar) esas marcas?

The Verb *Haber;* Expressing Obligation

CE10-10 ¿Hay, había o habrá...? *Rewrite the sentences to use a form of* ***haber,*** *following the models.*

Modelos
a. La tienda está abierta.
Hay una tienda abierta.

b. Los dependientes estarán allí mañana.
Habrá dependientes allí mañana.

1. Muchos negocios están cerrados.

____

2. Los anuncios estarán en ciertos lugares públicos.

____

3. Los tomates están muy caros aquí hoy.

____

4. La fábrica de computadoras está cerca de la universidad.

____

5. Varios científicos famosos estarán en la reunión del martes.

____

CE10-11 Complete las frases. *Complete the sentences with **hay, hay que,** or a form of **haber de,** using the present indicative.*

Modelos
a. Yo **he de** ir a la oficina temprano hoy.
b. **Hay que** trabajar para ganar dinero.
c. En esa compañía **hay** muchos beneficios.

1. Ellos ____________________ llamarme antes de irse.
2. ¿____________________ cosas baratas en esa tienda?
3. ¿Sabes que en este barrio no ____________________ negocios?
4. El dueño dice que ____________________ mejorar el producto.
5. ¿Por qué ____________________ hacerlo tú y no cualquier otra persona?
6. Para fin de año nosotros ____________________ pagar toda nuestra deuda.
7. Sólo ____________________ dos restaurantes en ese pueblo.

The Passive Voice

CE10-12 ¿Quién lo hizo? *Tell who was the cause of the following facts or situations, following the models.*

Modelos
a. La deuda está pagada. (el dueño)
Fue pagada por el dueño.

b. Esas cartas están abiertas. (la secretaria)
Fueron abiertas por la secretaria.

1. Los precios están reducidos. (el comerciante)

____

2. Los dependientes están contratados. (los dueños de la tienda)

____

3. La casa está vendida. (José Luis)

____

4. Rogelio y Alicia están casados. (alguien en Reno, Nevada)

____

5. El anuncio está diseñado. (Susana)

____

6. El dinero de los Martínez está invertido. (uno de sus hijos)

____

CE10-13 Expresiones equivalentes... *Change the sentences from the* ***se*** *for passive to the true passive voice, using the same tense as the sentence given.*

Modelos a. Se anunciará el nuevo producto.
El nuevo producto será anunciado.

b. ¿Qué cosas se exportaban a Francia?
¿Qué cosas eran exportadas a Francia?

1. Se preparan los mejores anuncios en esta compañía.

 ____

2. Se vendió ese auto ayer.

 ____

3. Se abrirán dos nuevas escuelas cerca de mi oficina.

 ____

4. ¿Dónde se hizo el poncho de Mirta?

 ____

5. Se escribirán los ejercicios en clase.

 ____

6. ¿Cómo se gastaba el dinero de esa fábrica de automóviles?

 ____

Vocabulario; Repaso

CE10-14 Verbos y sustantivos. *For each verb listed in the left column, circle the noun or nouns in the right column that can be used with it.*

Modelos malgastar ((energía)/(dinero))
ahorrar ((tiempo) / árboles)

1. conservar (petróleo / dinero)
2. pasar (energía / tiempo)
3. soportar (a alguien / un edificio)
4. gastar (dinero / una deuda)
5. mantener (a la familia / una casa)
6. regatear (en el mercado / en el hospital)
7. ahorrar (vidas / dinero)
8. pagar (el alquiler / una deuda)

NOMBRE ______________________ FECHA __________ CLASE __________

CE10-15 Palabras relacionadas. *Give one or two nouns related to each of the following verbs.*

Modelos a. deber **la deuda, el deber**
b. gastar **el gasto**

1. ingresar ______________________
2. vender ______________________
3. anunciar ______________________
4. ahorrar ______________________
5. recibir ______________________
6. imaginar ______________________
7. negociar ______________________
8. comerciar ______________________
9. producir ______________________
10. medir ______________________

CE 10-16 Leticia Herrera, empresaria exitosa. *Read the following account of Leticia Herrera, founder and president of ECI, a minority woman-owned company that specializes in metal and stone restoration and construction management, and then answer the questions that follow by circling the correct or most probable response.*

En 1989 Leticia Herrera fundó ECI o *Extra Clean, Inc.*, una pequeña empresa dedicada originalmente al servicio de limpieza en el área metropolitana de Chicago. La compañía empezó con sólo 3 empleadas y las 3 miembros de su propia familia: ella (Leticia), su madre y una tía. Sin embargo, en 1995, después de una situación económica desastrosa para ECI, Leticia tomó algunas decisiones muy inteligentes y hoy día es presidenta de una empresa muy exitosa. Tres de sus decisiones más importantes fueron: 1) mantener las iniciales del nombre original de su empresa, ECI, pero cambiarlas para significar *Excellence Consistency Integrity;* 2) no hacer más servicios de limpieza sino dedicarse a la industria de la construcción, restauración y mantenimiento de piedras y metales; y 3) reunir un buen equipo de geólogos, metalúrgicos, escultores y otros especialistas en piedra y metal para fortalecer la imagen de su compañía en el área de preservación histórica. Gracias a esos cambios, 11 años después de su fundación, ECI creció de sólo 3 a 50 empleados, con un ingreso anual de cerca de 3 millones de dólares. Hoy día el 50% de los ingresos de ECI provienen de la industria de la construcción. Sus clientes incluyen, entre otros, la ciudad de Chicago, la Universidad de Illinois, Chicago Campus, United Airlines, el Museo de Ciencia e Industria y el Museo Field. Leticia Herrera trabaja con la comunidad latinoamericana y ha recibido muchos premios por sus éxitos en el mundo de los negocios. Es también presidenta de la Cámara de Comercio de EEUU y la primera mujer que haya obtenido ese puesto.

Vocabulario

empresaria *entrepreneur* **provienen** *come*
empresa compañía

1. ¿Qué tipo de servicio ofrecía ECI en sus primeros años de existencia?
   a. construcción b. limpieza c. restauración de metales
2. ¿Cuándo se fundó originalmente ECI?
   a. en 1989 b. en 1995 c. en 2000
3. ¿Qué nombre le dio Leticia Herrera a su empresa en 1989?
   a. Excellence Consistency Integrity b. Extra Clean Industry c. Extra Clean, Inc.
4. ¿Y cuál es el nombres de ECI desde 1995?
   a. Excellence Consistency Integrity b. Extra Clean Industry c. Extra Clean, Inc.

5. ¿Cuántas y quienes fueron las empleadas originales de ECI?

a. 3 hermanas | b. 3 primas | c. 3 parientes

6. ¿Qué tipo de servicio dejó de ofrecer ECI desde 1995?

a. construcción | b. limpieza | c. restauración de metales

7. ¿Qué profesionales trabajan con ECI para fortalecer la imagen de la compañía en el área de preservación histórica?

a. escultores y agricultores | b. geólogos y astrónomos | c. metalúrgicos y geólogos

8. ¿En qué año se registró el aumento de 3 a 50 empleados para ECI?

a. en 1989 | b. en 1995 | c. en 2000

9. ¿Cuál de los siguientes es un cliente importante de ECI?

a. la ciudad de Chicago | b. la comunidad latinoamericana de EEUU | c. American Airlines

10. Además de ser fundadora y presidenta de ECI, ¿de qué Cámara importante es también presidenta Leticia Herrera?

a. Cámara de Senadores de EEUU | b. Cámara de Comercio de EEUU | c. Cámara de Representantes de EEUU

CE10-17 Temas alternativos. *Choose one of the following topics and write a paragraph about it.*

Grammar	verbs: use of **haber**; verbs: use of **poder**
Vocabulary	stores [B]; stores and products [B]; trades [A]; working conditions [A]
Phrases	asking and giving advice [A]; describing objects [B]; persuading [B]; writing a letter (informal) [A]

ATAJO

A. Una carta de respuesta. *A pen pal from Guatemala writes you a letter. In it he or she makes the following statements:*

Yo sé que en tu país no hay gente pobre como aquí. Allí hay muchas oportunidades económicas y también hay servicios médicos para todos, ¿no...? Mi sueño más grande es ir a Estados Unidos porque allí se pueden conseguir buenos trabajos que pagan bien. Pienso que en tu país será muy fácil encontrar un puesto y ahorrar dinero...

Write a response to your pen pal giving your personal opinion about what he or she says.

B. Un nuevo producto. *You have just invented a new product. Describe it briefly and write a one- or two-minute commercial which will be used to advertise it on TV (or radio).*

____

____

____

____

NOMBRE ______________________ FECHA ________ CLASE __________

CAPÍTULO **11**

¡Adiós, distancias!

Sequence of Tenses with the Subjunctive: Summary

CE11-1 Breves conversaciones. *Complete the conversations with the appropriate subjunctive forms, present or past.*

1. PEDRO: No sé cómo decirle al jefe que este nuevo programa no funciona. Es probable que (él) __________________ (enojarse).

   FRANCISCO: Sería mejor que yo se lo __________________ (decir), ¿verdad? A mí me dijo que __________________ (trabajar) hoy haciendo copias de seguridad del nuevo proyecto, pero si tienes miedo de que (él) __________________ (estar) molesto, yo le explico el asunto.

2. ANA: ¿Cuándo vamos a tener esa reunión con el señor Díaz?

   PACO: Ayer por la mañana le mandé un fax preguntándole eso mismo pero no me contestó. ¿Es posible que el fax no le __________________ (haber llegado)?

   ANA: Mándale un email para que __________________ (saber) que estamos esperando una respuesta.

3. SILVIA: ¿Ya se arregló la computadora, Toño?

TOÑO: Sí, hoy vino el técnico a arreglarla a eso de las nueve.

SILVIA: ¡Qué bien!

TOÑO: Sí, Ricardo dijo que estaba muy contento de que el técnico ____________________ (haber llegado) temprano. Dijo que era probable que sin la computadora ellos no ____________________ (haber terminado) a tiempo un trabajo muy importante.

CE11-2 ¿Por qué se inventaron los adultos? *To find out why Eduardito is frustrated enough to ask this question, complete his remarks with the correct subjunctive forms of the verbs in parentheses.*

Modelos
a. Ayer mamá me prohibió que **navegara** (navegar) por la Red.
b. Los adultos esperan que los niños los **obedezcan** (obedecer) siempre.
c. Papá no cree que Susanita **se haya vestido** (vestirse) sola ayer.

1. ¿No sería divertido que Luisito y yo ____________________ (iniciar) un movimiento de liberación infantil?
2. Mis padres quieren que yo ____________________ (lavarse) los dientes ¡tres veces por día!
3. Después de terminar el examen, la maestra *(teacher)* nos dijo hoy: «Chicos, espero que ustedes ____________________ (usar) la cabeza y que la mayoría ____________________ (responder) todas las preguntas.»
4. ¿No es injusto que mi hermano mayor ____________________ (tener) su propia computadora y yo no?
5. A los adultos no les gustaría que otra persona les ____________________ (decir) qué comer, cómo vestirse y cuándo dormir, ¿no?
6. ¿Habrá algún adulto que ____________________ (querer) y ____________________ (poder) ayudarnos?

CE11-3 Frases sinónimas. *Rewrite the sentences using the cues provided.*

Modelos
a. ¿Te llamó para ir al cibercafé con ella?
¿Te llamó para que **fueras al cibercafé con ella**?
b. Piensan salir si no tienen mucho sueño.
Piensan salir a menos que **tengan mucho sueño**.

1. ¿Imprimes esos documentos pero no lo saben tus padres?

   ¿Imprimes esos documentos sin que ____?

2. ¿Imprimiste esos documentos pero no lo supieron tus padres?

   ¿Imprimiste esos documentos sin que ____?

3. Pienso ayudarlos si me prometen bajar esos archivos antes.

   Pienso ayudarlos con tal de que me ____.

4. Pensaba ayudarlos si me prometían bajar esos archivos antes.

   Pensaba ayudarlos con tal de que me ______________________________.

5. ¿Van a comprar un fax si no cuesta mucho?

   ¿Van a comprar un fax a menos que ______________________________?

6. ¿Iban a comprar un fax si no costaba mucho?

   ¿Iban a comprar un fax a menos que ______________________________?

If Clauses (2)

CE11-4 Frases hipotéticas. *Combine the sentences, following the models.*

Modelos

a. No usa el buscador. No encuentra la información que necesita.
Si usara el buscador, encontraría la información que necesita.

b. No te conectaste a la Red. No tenías todo un mundo de información a mano.
Si te hubieras conectado a la Red, habrías tenido todo un mundo de información a mano.

1. No tenemos fax. No podemos faxear la carta.

   ____

2. La computadora no funcionaba aquel día. Enrique no bajó los archivos.

   ____

   ____

3. No había papel. No imprimimos el documento.

   ____

   ____

4. No están aburridos. No dejan de navegar por la Red.

   ____

5. No sabían las palabras claves *(passwords).* No pudieron registrarse.

   ____

   ____

6. No tenían una impresora láser en esa tienda. No la compramos.

   ____

   ____

CE11-5 Deducciones infantiles. *A group of children are hypothesizing about their world; complete their statements with the correct forms of the verbs in parentheses.*

Modelos a. Si nosotros no **tuviéramos** (tener) computadora, no podríamos jugar tantos videojuegos.

b. **¿Habría visto** (ver) mejor el abuelito si sus ojos hubieran sido más grandes?

1. Si tú ____________________ (decir) una mentira, te crecería la nariz como a Pinocho.
2. Si no ____________________ (existir) Internet, no tendríamos ciberamigos, ¿verdad?
3. ¿Se habría inventado la televisión si no se ____________________ (descubrir) la electricidad?
4. Si papá y mamá no se hubieran conocido, Jorge y yo no ____________________ (nacer), ¿verdad?
5. ¿Podríamos volar si nosotros ____________________ (tener) alas *(wings)* en vez de brazos?
6. Si yo fuera pobre, ____________________ (comprar) dinero en la tienda.

Conjunctions

CE11-6 Reordenando frases. *Rewrite the sentences changing the order of the underlined words. Follow the models.*

Modelos a. Me parece que él actuó de manera inmadura y estúpida.
Me parece que él actuó de manera estúpida e inmadura.

b. ¿Tienes diez u once pesos?
¿Tienes once o diez pesos?

1. Aquí están Inés y José.

____

2. ¿Habló usted de horas o minutos?

____

3. Pensamos ir y comer allí lo antes posible.

____

4. ¿Piensas que es mejor perdonar u olvidar?

____

5. Es una reunión para padres e hijos.

____

6. ¿Es hombre o mujer?

____

7. ¿Quién llamó? ¿Óscar o Pedro?

____

8. Conocí a un muchacho interesante e inteligente.

____

CE11-7 ¿Pero, sino o sino que? *Complete the sentences with the correct conjunction.*

Modelos
a. No dije que voy a registrarme **sino que** quiero recorrer la Red.
b. José la llamó **pero** usted ya había salido.

1. Tengo computadora __________ prefiero escribir a mano esta carta.
2. No guardaron __________ imprimieron ese documento.
3. No fue Goya el que pintó *Vista de Toledo* __________ El Greco.
4. La playa de Puerto Vallarta, México, es muy famosa, __________ la de Acapulco es aún más famosa.
5. Antonio no quiere otro teléfono celular __________ una webcam.
6. Me gustaría ayudarte __________ primero debo enviar dos mensajes de texto.
7. Bernardo O'Higgins, un héroe de la independencia sudamericana, no era irlandés __________ chileno.
8. No quiero que me llames por teléfono __________ te comuniques conmigo por correo electrónico. ¡Es mucho más barato!

Por Versus *Para*

CE11-8 ¿Un día típico? *Complete the paragraph with* ***por*** *or* ***para,*** *as appropriate.*

Ayer__________ la mañana salí __________ el mercado __________ comprar huevos. Pagué dos dólares ______ docena. ¡Qué caros, Dios mío! Pero los compré porque quería comerlos __________ el desayuno. No había comido huevos __________ mucho tiempo y __________ eso decidí hacer una tortilla *(omelet)* __________ mí sola. La estaba preparando cuando me llamaron __________ teléfono... Regresé a la cocina después de unos minutos y ¡qué desastre! ¡Se me había quemado toda la tortilla! __________ la tarde, decidí salir a buscar un regalo __________ mi sobrina, cuyo cumpleaños era al día siguiente. Fui a muchas tiendas, __________ lo menos a cinco o seis, y no pude encontrar el juego de Nintendo que quería. __________ fin decidí volver a casa y al llegar vi que había un mensaje en la contestadora automática. Era mi marido que había llamado de Nueva York

_____________ decirme que habían cancelado su vuelo _____________ mal tiempo. _____________ eso, y _____________ que no me preocupara, me informaba de que no estaría en casa _____________ las seis sino _____________ las once. Es que en vez de venir _____________ avión, vendría _____________ tren. Justo cuando empezaba a sentirme deprimida por tantos fracasos, oí un ruido afuera. Miré _____________ la ventana y vi que llegaba alguien. _____________ suerte era Marisa, una vieja amiga a quien hacía tiempo que no veía. Charlamos _____________ un largo rato y luego salimos a cenar. Lo pasamos muy bien. Si no hubiera sido _____________ ella, habría tenido un día totalmente desastroso.

CE11-9 Un viaje por Venezuela. *Complete the following account of Daniel's trip to Venezuela with* **por** *or* **para,** *as appropriate.*

Daniel fue a Venezuela _____________ dos semanas. Salió de Miami hace una semana y viajó _____________ avión a Caracas. Leyó en su guía que Venezuela quiere decir "pequeña Venecia" y que es un país muy lindo, interesante y variado. Más del 35 _____________ ciento del territorio está cubierto de bosques. Tiene además muchos ríos, llanos ¡y una serie de islas pequeñas cerca de la costa! La isla Margarita es la más grande y cada año miles de turistas van allí _____________ divertirse o descansar en sus playas espléndidas. Daniel viajó _____________ todo el norte del país. Fue a Los Roques, un parque nacional con unas cincuenta islas y arrecifes (*reefs*) coralinos incomparables. En La Guaira, un puerto que está cerca de Caracas, compró una ruana (poncho) y una guitarra típica de Venezuela _____________ su mamá. Pagó en dólares pero muy poco: 8 dólares _____________ la ruana ¡y solamente 15 _____________ la guitarra! Estará de regreso en Miami _____________ el próximo domingo. _____________ casualidad, justo ese domingo es su cumpleaños y pensamos hacerle una fiesta sorpresa _____________ la tarde. Si quieres venir, te esperamos en la casa de Daniel. El todavía no lo sabe... pero al llegar tendrá una doble sorpresa: su fiesta de cumpleaños ¡y ésta en su propia casa! Espero que no llegue muy cansado...

Vocabulario

CE11-10 Trabalenguas. *Complete the following tongue-twisters with the appropriate words.*

1. Pedro Pablo Pérez Pereira

   pobre pintor portugués

   pinta pinturas _____________ poca plata *(dinero)*

   _____________ pasar _____________ París.

2. María Chucena techaba *(was putting a roof on)* su choza *(hut)* cuando un leñador *(woodcutter)* que

   _____________ allí pasaba le dijo:

   —María Chucena, ¿techas tu choza _____________ techas la ajena *(someone else's)?*

   —Ni techo mi choza _____________ techo la ajena;

   techo la choza de María Chucena.

3. Han dicho que he dicho un dicho *(saying),*

   tal dicho no lo _____________ dicho yo...

   porque si yo _____________ dicho el dicho,

   bien dicho habría estado dicho el dicho

   por haberlo dicho yo.

CE11-11 Sinónimos. *Rewrite the following sentences substituting words or phrases similar in meaning to the underlined words or phrases.*

Modelos

a. A María le gusta recorrer la Red.
   A María le gusta navegar por la Red.

b. ¿Por qué no haces un backup?
   ¿Por qué no haces una copia de seguridad?

1. José abandonó todo esfuerzo *(effort)* cuando se dio cuenta de que no podía solucionar el problema.

   ____

   ____

2. El ordenador no funciona.

   ____

3. Buscó por todas partes pero no encontró los programas que quería.

   ____

4. ¿Realmente están a favor de la nueva tecnología?

   ____

5. Ahora te voy a enviar el documento por fax.

   ____

6. ¿Conoces a alguien que sufra de miedo a la tecnología?

   ____

7. Le di un CD de Gloria Estefan a cambio de uno de Jon Secada.

____

____

8. ¿Así que tienes una página web? ¡Te felicito!

____

____

CE11-12 Un amor cibernético. *Complete the paragraph with appropriate vocabulary, choosing from the following list:*

correo electrónico	usuarios	copia de seguridad
Red	buscadores	guarda
navegar	computadora	ciberamigos

Jaime y Mercedes son ____________________ muy apasionados de Internet. A los dos les gusta mucho ____________________ por la ____________________ y ambos usan varios ____________________. Por supuesto, se conocieron por Internet. Se comunicaron por ____________________ durante casi un año. Mercedes siempre hace una ____________________ de todos los mensajes que intercambian. Ahora no sólo son ____________________ sino que ¡también son cibernovios! Mercedes va a comprarse una ____________________ portátil porque así puede viajar para conocer personalmente a Jaime sin tener que «desconectarse» de él durante el viaje...

CE 11-13 Robert y Laura.com. *Read the following segments from the first part of "Robert y Laura.com", a short story by Paraguayan writer Lucía Scosceria, and then answer the questions that follow by circling the correct or most probable response.*

De: Laura
Fecha: 3 de agosto 2:23 p.m.
Asunto: Hola
Recordado Robert:
En marzo estuviste en Buenos Aires en el Conservatorio "Mozart" y entre los muchos periodistas que te hicieron una nota había dos mujeres, una de ellas te regaló una pintura y otra (vestida de negro) te entrevistó. Nos diste tu tarjeta y dijiste que te escribiéramos. Yo, la de negro, cumplo. Aunque tal vez ni nos recuerdes.
¿Cómo estás? Me gustaría recibir unas líneas tuyas.
Laura

De: Robert
Fecha: 4 de agosto 12:45 p.m.
Asunto: ¡Qué hermosa sorpresa!

Querida Laura:
Claro que me acuerdo de ti. Y me alegro que me hayas escrito. Acabo de volver a mi casa de Munich después de pasar unas semanas de vacaciones en España. [...] Para mí fue una hermosa sorpresa recibir tu e-mail. Me alegró el domingo. Muchos saludos a la pintora y para ti un beso de
Robert

De: Laura
Fecha: 5 de noviembre 12:48 p.m.
Asunto: Saludos
Querido Robert:
Comienza a hacer calor por aquí y las fiestas se acercan. Te envío una copia de los trabajos que me publicaron en un diario uruguayo. [...]
Un beso,
Laura

De: Robert
Fecha: 14 de noviembre 9:45 a.m.
Asunto: Frío
Querida Laura:
Hace frío en Munich. Ayer llovió y todos parecían estar de muy mal humor. Voy a leer tu trabajo. [...] Tal vez vaya a Buenos Aires por una semana, por cuestiones de trabajo [...]
Te mando un beso muy grande.
Robert

1. ¿Dónde conoció Laura a Robert?

   a. en España b. en Munich c. en Buenos Aires

2. ¿Qué profesión tiene Robert?

   a. Es músico. b. Es pintor. c. Es periodista.

3. ¿Qué profesión tiene Laura?

   a. Es músico. b. Es pintora. c. Es periodista.

4. ¿Dónde vive Robert?

   a. en Buenos Aires b. en Munich c. en España

5. ¿Dónde vive Laura?

   a. en Buenos Aires b. en Munich c. en España

6. ¿Qué tiempo hace en Buenos Aires en noviembre?

   a. Hace frío. b. Hace calor. c. Hay nieve.

7. ¿Cuáles son las "fiestas" a que alude Laura?

   a. Día de los Muertos y Día de Gracias b. las Posadas y Día de Reyes c. Navidad y Año Nuevo

8. ¿Dónde publicaron los trabajos de Laura?

   a. en Argentina b. en Uruguay c. en España

9. ¿Qué tiempo hace en Munich en noviembre?

   a. Hace frío. b. Hace calor. c. Hace buen tiempo.

10. ¿Adónde es posible que Robert vaya por una semana?

    a. a España b. a Munich c. a Buenos Aires

Repaso

CE11-14 ¿El mundo al alcance *(reach)* de mis manos? *Look at the ad for Crystal Ball Internet and answer the following questions according to the information you read in the ad.*

1. ¿En qué idioma funciona Crystal Ball Internet? ¿Sólo en inglés?

____

____

2. ¿Cómo se puede conectar uno a Crystal Ball Internet? ¿Es difícil conectarse?

____

____

3. ¿Qué tipo de información se puede encontrar en Crystal Ball Internet?

____

____

NOMBRE ______________________ FECHA __________ CLASE __________

4. ¿Se puede recibir y/o enviar correo electrónico con Crystal Ball Internet?

____

____

5. ¿Qué otros beneficios ofrece la conexión a Crystal Ball Internet?

____

____

6. ¿Para qué sirve el Cyber Cop? ¿Cree usted que es un buen servicio? ¿Por qué sí o por qué no?

____

____

CE11-15 Si... *Match the main clauses on the left to the appropriate* ***if clauses*** *on the right.*

1. ______ Prefiero la limonada, querido,
2. ______ Lo imprimiríamos ahora
3. ______ Gastan dinero
4. ______ Vamos a viajar allí mañana
5. ______ Parece muy tenso,

a. si Dios quiere.
b. si no te importa.
c. si tuviéramos una impresora.
d. como si hubiera olvidado algo importante.
e. como si tuvieran una fortuna.

CE11-16 Temas alternativos. *Choose one of the following topics and write a paragraph about it.*

Grammar	verbs: if- clauses
Vocabulary	computers, countries [A]; media: photography & video [B]; media: television & radio [B]; traveling [A]
Phrases	describing people [A]; describing places [A]; expressing an opinion [B]; expressing hopes and aspirations [A]; writing a letter (informal) [B]

A. Me presento... ¡cibernéticamente! *Compose a notice for an on-line personals ad. Describe yourself, including what you like to do in your free time and what you want to do in the future. Include the answers to these questions: Where would you go if you could travel anywhere? What would you do if you could have any job you wanted? Where would you go on a first date if money were not a problem?*

B. Charla entre ciberamigos. *Compose an e-mail to a pen pal. Tell him or her something about the use of computers and other technology at your school. Ask him or her a few questions. Then tell what could be improved if there were more money in your school budget for technology. Say what you would buy if you were the president of the university and had a lot of money.*

NOMBRE ______________________ FECHA __________ CLASE __________

CAPÍTULO **12**

¡Viva la imaginación!

The Present Participle and the Progressive Forms

CE12-1 Actividades paralelas. *Using the present progressive tense, complete the following sentences to describe what the people in the scene below are doing at this very moment. Follow the model.*

Modelo Ana **está estudiando español** (o: **está leyendo su libro de español**).

1. Pablo ____.

2. Beto ____.

3. José y Ramón ____.

4. Susana ____.

5. Luis ____.

6. Ana y Beto ____.

7. Inés ____.

8. Diana y Lola ____.

CE12-2 Leyendo a Poe... *Rewrite the story, changing the underlined verbs to the past progressive.*

Modelo Era de noche y en casa todos hacían algo.
Era de noche y en casa todos estaban haciendo algo.

1. Papá y mamá miraban televisión.

____

____

2. Pepito estudiaba y el perro dormía en la sala.

____

____

3. Sentada en mi cama, yo terminaba un cuento de Poe.

____

____

4. Era el segundo cuento de terror que leía esa noche.

____

____

5. De repente *(Suddenly)* vi que mi amigo Roberto y yo paseábamos por un parque.

____

____

6. Alguien nos seguía y nosotros corríamos desesperadamente.

____

____

7. Roberto me decía algo en inglés.

____

____

NOMBRE ______________________ FECHA __________ CLASE __________

8. ¿Por qué me hablaba en inglés? ¿Qué pensaba hacer con ese péndulo?

____

____

9. El péndulo me atacaba y yo trataba de escaparme.

____

____

10. «Pero mi hija, ¿qué te pasa? ¿Por qué gritabas hace un rato? ¡Son las siete de la mañana! ¡Es hora de levantarte!»

____

____

CE12-3 En el Hotel Capilla del Mar. *Look at the ad for the Hotel Capilla del Mar and write six sentences about what people are probably doing there at this moment. You might want to use some of these words or expressions:* **bucear, jugar en el casino, pasear en lancha** *(boat)*, **hacer esquí acuático, mirar la puesta del sol, visitar el Castillo de San Felipe.**

Modelos

a. **Algunos turistas estarán disfrutando de la playa.**

b. **Varias personas estarán decidiendo qué hacer o adónde ir esta noche.**

¿Qué estarán haciendo en este momento...?

1. ____

2. ____

3. ____

4. ____

5. ______________________________

6. ______________________________

CE12-4 Preguntas y respuestas. *Answer the questions in an original manner, using the cues provided and a progressive tense. Follow the model.*

Modelo ¿Buscas algo para leer? (andar)
Sí, **ando buscando alguna lectura interesante**.

1. ¿Comían ustedes por la calle? (ir)

   Sí, ______________________________.

2. ¿Todavía vives en el barrio donde naciste? (seguir)

   Sí, ______________________________.

3. ¿Sigues algún curso de pintura? (estar)

   Sí, ______________________________.

4. ¿Hablaste con tu mejor amigo(a) últimamente? (estar)

   Sí, ______________________________.

5. ¿Dicen sus amigos que sus clases son muy aburridas? (andar)

   Sí, ______________________________.

CE12-5 ¿Cómo pasará sus fines de semana...? *Many of us spend our weekends doing things related to our professions or occupations. Assuming this is true, indicate how the following people probably spend their weekends. From the list below, choose an appropriate activity for each person and change the infinitives into their corresponding present participle forms. Follow the model.*

Modelo ¿Cómo pasará sus fines de semana...?
una escritora **Probablemente creando personajes ficticios.**

diseñar edificios	componer canciones
ver nuevas películas	hacer sus tareas
practicar fútbol	sacar fotos
preparar sus clases	crear personajes ficticios

1. un estudiante ______________________________
2. un profesor ______________________________
3. una directora de cine ______________________________
4. un músico ______________________________
5. una arquitecta ______________________________
6. un futbolista ______________________________
7. un fotógrafo ______________________________

NOMBRE ________________________________ FECHA __________ CLASE ____________

Relative Pronouns; The Neuter *Lo, Lo que*

CE12-6 Entrevista con un escritor ficticio. *Complete the interview with* **que, quien(es),** *or* **cuyo(a, os, as).**

—¿Cuál es el título de la novela ______________ usted acaba de publicar?

—*El creador* ______________ *no podía crear.*

—¿Es ésa la novela ______________ personaje principal pasa la mayor parte de su tiempo tratando de escribir una novela?

—¡Sí! ¿Ya la leyó usted?

—No, pero los críticos con ______________ he hablado me han comentado algunos capítulos ______________ parecen ser interesantísimos.

—Creo que en general la obra les ha gustado a las personas ______________ leen ese tipo de literatura.

—¿Cuál es el elemento novelístico ______________ usted considera más experimental en su última novela?

—Las páginas centrales... *El creador...* es la primera novela ______________ criaturas ficticias —el narrador y el personaje principal— crean lo que yo llamo «el texto en blanco».

—¿Se refiere usted a las quince páginas ______________ aparecen en blanco, sin nada escrito, más o menos a mitad de la novela?

—¡Exacto! Y es irónico que varios amigos míos, profesores de literatura ______________ profesión consiste en explicar estos textos, ¡no hayan entendido el significado de esas páginas...!

—¿Tiene algo que ver con el título?

—¡Por supuesto! Esas páginas, ______________ significado es tal vez más importante que el resto de la obra, representan los momentos no creativos de cualquier creador: el tiempo ______________ pierde el escritor tratando inútilmente de crear una escena o las horas ______________ pasa el estudiante tratando de escribir una composición ______________ tema no le interesa...

—¿Es un invento suyo o tiene algo de autobiográfico ese personaje a ______________ usted describe tan bien y con ______________ frustraciones parece estar totalmente identificado?

—¡Claro! Ese personaje ______________ período no creativo se ve reflejado en las quince páginas en blanco es, en parte, mi doble, pero puede ser también el suyo o el de cualquier otra persona. Después de todo, todos los seres humanos somos, en mayor o en menor grado *(degree),* creadores ______________ muchas veces no podemos crear...

CE12-7 Combine las frases. *Combine the sentences using one of the following relative pronouns:* **que, quien(es),** *or* **cuyo(a, os, as).**

Modelos

a. La semana pasada leí un cuento. El cuento me pareció bueno.
La semana pasada leí un cuento que me pareció bueno.

b. Una amiga mía va a entrevistar a un escultor español. Sus esculturas son muy conocidas en toda Europa.
Una amiga mía va a entrevistar a un escultor español cuyas esculturas son muy conocidas en toda Europa.

1. Ésta es la fotógrafa chicana. Te hablaba de ella ayer.

____

____

2. Acabamos de ver ese dibujo. El dibujo parece dibujado por un niño.

____

____

3. ¿Dónde están los escultores? Usted fue al museo con ellos ayer.

____

____

4. Mañana irán a casa del carpintero. Su último trabajo le gustó mucho a Paco.

____

____

5. Gabriel García Márquez es un escritor colombiano. Sus personajes generalmente viven en un pasado mítico.

____

____

6. ¿Cómo se llama ese poeta mexicano? Él ganó el Premio Nóbel en 1990.

____

____

7. Rogelio tiene dos hermanas. Ellas tienen una colección de monedas *(coins)* raras.

____

____

8. ¿Es André el estudiante francés? A él le permitieron seguir el mismo curso dos veces.

____

____

NOMBRE ______________________ FECHA __________ CLASE __________

CE12-8 ¿El cual, la cual...? *Complete the sentences with* **el (la) cual** *or* **los (las) cuales.**

Modelos a. Mario va a participar en una conferencia para **la cual** está preparando un ensayo sobre *El capital.*
b. ¿Cuáles son los dibujos por **los cuales** pagó usted tanto dinero?

1. Fuimos a esa librería al lado de ______________ está el Museo de Arte Moderno.
2. ¿Es éste el curso para ______________ ya no hay lugar?
3. Allí están los retratos entre ______________ debe estar el suyo.
4. ¿Son ésas las estampillas por ______________ desea verme inmediatamente?
5. ¿Cuáles son los capítulos sobre ______________ vamos a hablar?
6. *Cien años de soledad* y *Como agua para chocolate* son dos novelas contemporáneas en

   ______________ se puede apreciar la técnica del «realismo mágico».

CE12-9 Más pronombres... *Complete the sentences with the appropriate relative pronouns, choosing from the alternatives provided.*

Modelos a. ¿Llamará a **los que** (lo cual / los que / quien) no vinieron?
b. «**Quien** (Lo / Que / Quien) mucho duerme, poco aprende».

1. ¿Sacarán mejores notas ______________ (cuyas / los que / que) estudien más?
2. Carlos no entiende ______________ (lo que / la que / que) tú dices.
3. La madre de Juan, ______________ (lo que / quienes / la que) cose tan bien, quiere hacerle el vestido de novia a Irene.
4. «Antes que te cases, mira ______________ (el que / lo que / que) haces».
5. La autora ______________ (cuyo / la que / cuya) obra leímos se llama Laura Esquivel.
6. «A ______________ (los que / quien / que) madruga *(gets up early),* Dios le ayuda».
7. ______________ (Lo / El que / Lo cual) inventó eso es Pedro.
8. «Ojos ______________ (cuyos / los cuales / que) no ven, corazón que no siente».
9. ______________ (Lo que / Lo / El cual) interesante de esa obra es su título.
10. Gerardo no vino a clase hoy, ______________ (lo cual / cuya / quien) me sorprendió mucho.

Diminutives

CE12-10 Diminutivos. *Respond to the questions using diminutives of the underlined words. The diminutives should all end in* **-ito(a, os, as).**

Modelos a. —¿Tienes un auto igual al mío?— **¡Igualito** !
b. —¿Conocen a esos muchachos? —Sí, son **muchachitos** del barrio.

1. —¿Quiere un poco de café? —Un ____________________, por favor.
2. —¿Vamos a leer un cuento corto? —Sí, muy ____________________.
3. —¿Escribió él novelas buenas? —No, sólo ____________________ mediocres.
4. —¿Piensa quedarse aquí un momento? —Sí, sólo un ____________________.
5. —¿Es amiga de tu hermanita? —Sí, es su ____________________.
6. —¿Tienen hijas pequeñas? —Sí, dos hijas ____________________.
7. —¿Estarán allí un rato largo? —No, sólo un ____________________.

Vocabulario

CE12-11 Sinónimos. *For each of the words on the left, give the letter of its synonym on the right.*

1. ______	autor	5. ______	poema	a. texto	e. manera
2. ______	crear	6. ______	retrato	b. temperamento	f. ilustrar
3. ______	estilo	7. ______	libro	c. poesía	g. pintura
4. ______	dibujar	8. ______	carácter	d. escritor	h. inventar

CE12-12 Buenas intenciones. *Read the following paragraph and circle the appropriate words to complete this student's comments regarding his usual good intentions.*

Siempre tengo buenas intenciones, pero parece que nunca termino mis tareas a (1. casa / tiempo). Por ejemplo, la semana pasada estaba escribiendo una composición para la clase de inglés. Había que escribir sobre un (2. personaje / carácter) famoso de una obra de Shakespeare y yo escogí a Próspero, de *La tempestad*. Pues, aun para la gente de habla inglesa, el (3. dibujo / estilo) y el vocabulario de las obras de Shakespeare son difíciles de entender. Pasé un buen (4. rato / vez) leyendo y releyendo la obra. En (5. tiempos / años) de Shakespeare (siglo XVI), quizás la gente no tenía que buscar tantas palabras en el diccionario para entender la obra de ese famoso autor. Pero yo no sabía qué demonios quería decir «*Alack!*» o «*How fare ye?*» «Fui no sé cuántas (6. veces / tiempos) al diccionario. Al leer el monólogo que termina

«*Our little life is rounded with a sleep*», me dormí. Y ¿a qué (7. tiempo / hora) me desperté? Pues a las nueve del día siguiente. Era (8. hora / momento) de ir a clase y no había (9. rato / tiempo) de terminar la composición. Una (10. vez / día) más iba a llegar a clase con las manos vacías... pero con las buenas intenciones de siempre.

CE12-13 Asuntos literarios y artísticos... ***Complete the sentences with words from the vocabulary of this chapter.***

1. *La casa de los espíritus* es una ____________________ chilena.
2. *En contacto* fue escrito por tres ____________________ amigas.
3. Jorge Luis Borges es famoso por sus ____________________ fantásticos y filosóficos.
4. Mozart sólo tenía cinco años cuando empezó a ____________________ sus primeras obras musicales.
5. Antoni Gaudí es el ____________________ español que diseñó una famosa iglesia en Barcelona.
6. *Don Quijote de la Mancha* es un ____________________ literario muy popular.
7. «Los desastres de la guerra» es el nombre de una serie de ____________________ del pintor español Francisco José Goya.

CE 12-14 Robert y Laura.com. Epílogo. ***Read the following segments from the last part of "Robert y Laura.com", a short story by Paraguayan writer Lucía Scosceria, and then complete the statements that follow by circling the correct or most probable answer.***

De: Robert
Fecha: 24 de noviembre 11:36 p.m.
Asunto: Querida Laura:
Me llegó tu e-mail y me llegaron tus fotos. ¡Estás preciosa! Estoy con mucho trabajo, la compra de un departamento en Montevideo y un libro que estoy escribiendo. Tu carta me trajo un poco de placer que realmente me hacía falta y te prometo que te contestaré cada recepción. [...] No dejes de escribirme y en mi próximo viaje nos encontraremos...
Tu admirador,
Robert

De: Laura
Fecha: 19 de diciembre 6:54 p.m.
Asunto: Chat
Querido Robert:
Estoy contenta porque tal vez nos veamos. Tengo tantas cosas que contarte. Pero no lo haré por correo, los secretos te los diré oralmente. Es una pena que no podamos chatear porque es muy divertido, es como si estuviéramos hablando. Cuando vengas te enseñaré.
Un beso,
Laura

De: Robert
Fecha: 28 de enero 9:12 a.m.
Mi querida:
Ya tengo todo preparado para viajar. Unos días más y te llamaré por teléfono. Ya estoy deseando tenerte conmigo.
Todo mi amor,
Robert

De: Laura
Fecha: 9 de febrero 9:21 a.m.
Robert:
¿Viste que no es lo mismo lo virtual que lo real? Mientras nos escribíamos todo iba sobre reales. O quizás, cada uno leía o interpretaba lo que quería. Yo, que encontraría en ti un compañero, un hombre a quien querer, que me quisiera y fuéramos felices. [...] Yo te avisé que era una romántica perdida. [...] Yo fui al encuentro esperando oír un "te quiero" que nunca pronunciaste. Lamento no haber sido lo que esperabas. [...] Claro que te agradezco las horas que pasamos juntos, en que charlamos, oímos música y reímos juntos. Incluso hubo momentos en que fuiste el hombre que conocí epistolarmente. Apasionado. Romántico. Tierno. Galante. Pero apareció fugazmente y desapareció en seguida. Sólo necesitaba dos palabras: "Te quiero". [...] No las dijiste. Porque no las sentías. Y no pudo ser. Alguna vez; cuando viaje a un país frío, no dudes, que si llego a estar en la nieve, te recordaré.
Laura.

1. A fines de noviembre Laura le mandó a Robert ...

   a. un libro. b. fotos. c. un departamento.

2. Según Robert, Laura está ...

   a. muy linda. b. pretenciosa. c. muy fea.

3. Robert le cuenta a Laura que está muy ocupado porque está ...

   a. preparando un concierto. b. vendiendo un departamento. c. escribiendo un libro.

4. Según Laura, lo que ella le va a contar personalmente a Robert son sus ...

   a. sentimientos. b. secretos. c. preocupaciones.

5. Laura cree que es una lástima que ella y Robert no puedan ...

   a. chatear. b. vivir juntos. c. verse más a menudo.

6. Ella le va a enseñar a Robert cómo chatear cuando él vaya a ...

   a. Montevideo. b. España. c. Buenos Aires.

7. Robert y Laura finalmente se encontraron ...

   a. antes de Navidad. b. el día de Navidad. c. después de Navidad.

8. Es obvio que el encuentro entre Laura y Robert fue ...

   a. un éxito. b. muy feliz. c. una desilusión.

9. Las dos palabras que Laura quería escuchar (y no escuchó) de boca de Robert eran ...

   a. te necesito. b. te quiero. c. te busco.

10. Lo que aprenden Laura y Robert de su experiencia de ciber-amistad y ciber-noviazgo es que lo virtual no es lo mismo que lo ...

    a. actual. b. ideal. c. real.

NOMBRE ______________________ FECHA ____________ CLASE ____________

Repaso

CE12-15 Poema. *Write a poem about a concrete object, following this formula:*

First line: Tell what the object looks like.
Second line: Describe it with two other senses (smell, touch, sound, or taste).
Third line: Tell how it can be important.
Fourth line: Tell how it makes you feel.

Modelo Tiene luces y botones.
Es dura y murmura tranquilamente.
Es muy útil para escribir o hacer cálculos.
Me inspira y a veces me asombra *(amazes).*

____

____

____

____

Grammar	relatives: **cuyo,-a, el que, la que, lo cual, lo que, que, quien**
Vocabulary	people; arts; poetry; prose
Phrases	describing people; expressing an opinion; stating a preference; writing about an author/narrator; writing about characters; writing about theme, plot, or scene

CE12-16 Lecturas recomendadas. *At the request of some of her students who would like to improve their Spanish during the summer, Professor Vargas is recommending the following books and authors. Based on what's included in the ads below, taken from a catalogue of books in Spanish, choose two of the books and explain what interests you (***Lo que me interesa [de]..., es [son]***, and so forth) about each of them and why. Take into account Professor Vargas's recommendations:* **A los que les gustan las novelas de misterio, les recomiendo *Nuestra Señora de la Soledad;* a quienes prefieren las obras de contenido histórico-cultural, les sugiero que lean *El año de la muerte de Ricardo Reis;* y a los que les encanta lo fantástico y lo metafísico, les recomiendo los dos volúmenes de relatos de Julio Cortázar, mi autor favorito: *Cuentos completos I* y *Cuentos completos II.*** *Write a paragraph of 8–10 sentences.*

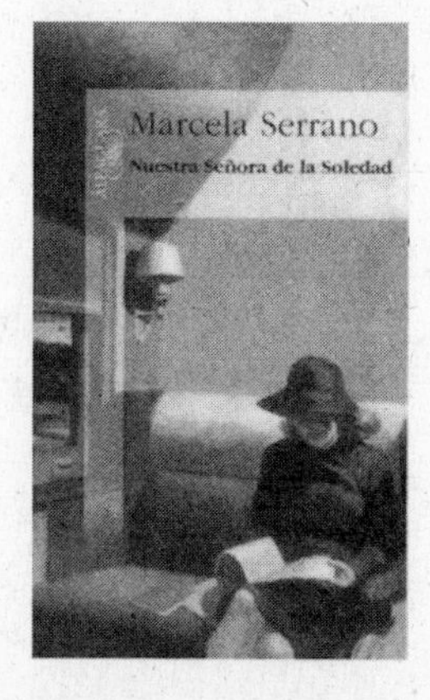

NUESTRA SEÑORA DE LA SOLEDAD

968-19-0600-4 Paperback $16.95

A famous Chilean-American mystery writer disappears in the airport of Miami and her husband seeks help. When the case is given to a detective in Mexico, she underestimates the consequences of this task. Seeking to understand the reasons behind this mystery, she emulates the personality of the disappeared writer and her characters.

PREMIO NOBEL
DE LITERATURA 1998

EL AÑO DE LA MUERTE DE RICARDO REIS

968-19-0390-0 Paperback $18.95

Take a journey through the streets of Lisbon during the 1930s—travel through its streets, parks, bridges, and cafes. Love, politics, and the realities of life all mesh together in this encounter.

Julio Cortázar

CUENTOS COMPLETOS I

968-19-0311-0 Paperback $24.95

CUENTOS COMPLETOS II

84-204-8139-4 Paperback $21.95

A writer of novels, short stories, and literary criticism, Cortázar has been compared to Jorge Luis Borges. Both authors are obsessed with the metaphysical and with the power of the imagination.

Manual de laboratorio

CAPÍTULO 1 En busca de la felicidad

ML1-1 *Mike Martin, an American student, goes to a party at the home of a Colombian friend.*

A. *Listen to the conversation that takes place when Mike arrives at the party. You will then hear three questions based on it. Circle the letters of the correct answers. Each question will be repeated.*

1. (a) Román (b) Ramón (c) Raimundo
2. (a) amigos (b) hermanos (c) compañeros de cuarto
3. (a) cerveza (b) vino (c) agua mineral

B. *Now listen to the conversation again. You will then hear five statements based on it. Circle* **V (verdadero)** *if what you hear is true and* **F (falso)** *if what you hear is false. Each statement will be repeated.*

1. V F
2. V F
3. V F
4. V F
5. V F

ML1-2 *Later, at the same party, Mike tries to start a conversation with Julia.*

A. *Listen to their conversation, then complete the sentences that follow by circling the letters of the appropriate endings. Each sentence will be repeated.*

1. (a) bailarina (b) estudiante (c) actriz
2. (a) estupenda (b) estúpida (c) horrible

3. (a) casado (b) entusiasmado (c) cansado

4. (a) fantástico (b) diferente (c) emocionante

B. *Now listen to their conversation again. You will then hear four statements. Circle* Julia *or* Mike, *to whomever the statement refers. Each statement will be repeated.*

1. Julia Mike
2. Julia Mike
3. Julia Mike
4. Julia Mike

ML1-3 *Answer in the affirmative, following the models. Then repeat the correct response after the speaker. The questions will be repeated.*

Modelo a. ¿Prefieres la música popular?
Sí, prefiero la música popular.
b. ¿Te gustan las fiestas?
Sí, me gustan las fiestas.

ML1-4 *You will hear a brief conversation between Raúl and Manuel. Follow their conversation and write in the missing words. The entire dialogue will be repeated to help you check your answers.*

RAÚL: ¿Cómo se llama tu ______________ ______________ ______________?

MANUEL: ______________ ______________ Luis García. ¿Sabes que ______________ muy bien ______________ ______________?

RAÚL: ¡Qué bien! Él toca la guitarra y tú ______________ ¡como Julio Iglesias! Ustedes dos ______________ ______________ mucho juntos, ¿no?

MANUEL: Sí. La verdad es que en general ______________ ______________ bien y no ______________ ______________ nunca. ______________ ______________ de empezar un grupo musical...

RAÚL: ¡Un grupo ______________! ¿Y cuándo piensan ______________?

MANUEL: En nuestros ______________ ______________, durante los ______________ ______________ ______________ o ______________ ______________ ______________, después de estudiar... Luis y yo vamos a ______________ el sábado por ______________ ______________ para decidir esos detalles *(details)*... ¿Quieres formar parte del grupo...?

RAÚL: Pues... no sé... ¡Es una idea ______________! Yo los puedo ______________ con el violín, ¿no...?

MANUEL: ¡Claro! Con la guitarra de Luis, tu violín... y mi voz, ¡vamos a formar un trío sensacional!

ML1-5 *You will hear eight sentences; each one will be read twice. Three possible endings to each sentence will be given. Complete each sentence with the correct ending, following the model. Then repeat the correct response after the speaker.*

Modelo El rugby deriva del...
a. béisbol b. fútbol *soccer* c. vólibol
Deriva del fútbol *soccer*.

ML1-6 *You will hear eight questions; each one will be read twice. These questions could be addressed to* **Paco, Paco y Susana,** *or* **la señora González.** *For each question, give the name of the person or persons to whom it is addressed:* **Paco, Paco y Susana,** *or* **la señora González.**

Modelo ¿Vas a acompañarme al teatro?
Paco

ML1-7 *You will hear eight questions based on the thematic vocabulary and cultural content of this chapter. Answer them by circling the letters of the correct answers. Each question will be repeated.*

1. (a) en Uruguay (b) en los Andes (c) en Paraguay
2. (a) con Valencia (b) con Montevideo (c) con los Andes
3. (a) en Paraguay (b) en Uruguay (c) en España
4. (a) en África (b) en América (c) en Europa
5. (a) las llamadas (b) la tomatina (c) la fiesta de Pachamama
6. (a) con el béisbol (b) con el tenis (c) con el fútbol
7. (a) con el boxeo (b) con el fútbol (c) con el béisbol
8. (a) con la música (b) con la pintura (c) con el baile

ML1-8 *Read and listen to the following paragraph on popular music of the sixties in Latin America. You will hear ten statements based on it. Each statement will be read twice. Circle* **V (verdadero)** *if the statement is true and* **F (falso)** *if it is false.*

La década de los años sesenta es una década de mucha actividad cultural en toda América Latina. En música hay un nuevo interés por el folklore. Se multiplican los programas musicales en la radio y en la televisión. Empieza en esos años la tradición de las peñas urbanas, especialmente en Chile y en Argentina. Antes de los años sesenta ya existen las peñas campesinas. Se llaman así las barracas° temporales que construyen los campesinos en el campo para celebrar fiestas religiosas o nacionales. Desde el principio las peñas constituyen centros de reunión donde van las gentes para conversar, cantar, bailar y comer juntos. La primera peña urbana nace en Santiago (Chile) y es la famosa «Peña de los Parra», organizada por la cantante popular Violeta Parra, sus hijos Ángel e Isabel Parra, y por otros conocidos cantantes chilenos. En Chile las peñas tienen un papel muy importante en el nacimiento° de la «nueva canción chilena», un movimiento musical cuya temática° habla de los problemas políticos, económicos y sociales de esos años.

huts
birth
cuya... *whose themes*

1. V	F	3. V	F	5. V	F	7. V	F	9. V	F
2. V	F	4. V	F	6. V	F	8. V	F	10. V	F

ML1-9 *The following song,* **«La T.V.»,** *was written and performed by Ángel Parra, a Chilean composer. This song belongs to the movement known as* **la nueva canción chilena,** *discussed in the previous paragraph. Read along as you listen to it and then do the multiple choice exercise that follows.*

La T.V.

Letra y música de Ángel Parra

La televisión entrega° paz, amor, felicidad,
deseos incontenibles° de vivir en sociedad,
de ganar° mucho dinero para poderlo gastar°
tomando whisky en las rocas° como dice Cary Grant.

Con la T.V. me dan ganas de° comprar rifles y bombas
de asesinar° a un anciano° y nadar° en Coca-Cola.
¡Qué apasionante° es la tele con sus videos de amor,°
prostitutas que se salvan° al casar con un señor,
treinta años mayor° que ella y millonario el bribón!°

En programas para niños hay cosas extraordinarias:
cómo matar a una madre, cómo derribar murallas,°
cómo ganamos los blancos contra los indios canallas°
que no quieren dar sus tierras a cambio de una medalla.°

Este medio cultural —y también de información—
permite asistir a misa° mientras tomamos un ron.°
La publicidad nos da en cama la religión.

Por fin, la televisión, con generosa armonía,
es consuelo° de los pobres y niñas en soltería;°
es estudio de sociólogos que la definen muy bien,
pero llegado el momento° se sientan a ver T.V.
¡Y yo también!

da
irrepressible
make / spend
rocks
me... quiero
matar / viejo / *swim*
emocionante / **videos...** telenovelas
se... *save themselves*
más viejo / *rascal*
derribar... *to knock down walls*
mean
medal
mass / rum
consolación / **niñas...** *dainty old maids*
llegado... *when the moment arrives*

Now, complete the statements you hear by circling a *or* b*, as appropriate. Each sentence will be read twice.*

1. (a) ganar mucho dinero sin salir de la casa
   (b) asistir a misa sin salir de la casa
2. (a) son muy violentos
   (b) son similares a *Sesame Street*
3. (a) sirve de consuelo a los pobres
   (b) sirve de consuelo a los sociólogos
4. (a) él nunca mira televisión
   (b) él también mira televisión

NOMBRE ______________________ FECHA ________ CLASE ________

CAPÍTULO **2**

Vejez y juventud

ML2-1 *Jessica Jones, a North American student, is traveling by bus from Bucaramanga, Colombia, to Bogotá, the capital. On the bus she meets Miguel Gutiérrez.*

A. *Listen to their conversation. Then circle below the words that are mentioned.*

1. maleta
2. nieta
3. abuelos
4. hijos
5. patria chica
6. grande

B. *Now listen to the conversation again. You will then hear five statements based on it. Circle* **V (verdadero)** *if what you hear is true and* **F (falso)** *if it is false. Each statement will be repeated.*

1. V F
2. V F
3. V F
4. V F
5. V F

ML2-2 *Jessica describes her family to Mr. Gutiérrez.*

A. *Listen to this part of their conversation. You will then hear four questions based on it. Circle the letters of the correct answers. Each question will be repeated.*

1. (a) del Canadá (b) de Estados Unidos
2. (a) en Boston (b) en Brooklyn
3. (a) nueve (b) quince
4. (a) ver el mundo (b) casarse con su novio

B. *Now listen to the conversation again. Complete the sentences that follow by circling the letters of the appropriate endings. Each statement will be repeated.*

1. (a) doctores (b) profesores (c) estudiantes
2. (a) un hermano (b) una hermana (c) quince años
3. (a) hijos (b) nietos (c) hermanos
4. (a) iban al cine (b) usaban drogas (c) se casaban
5. (a) a Jake (b) al Sr. Gutiérrez (c) a la nieta del Sr. Gutiérrez

ML2-3 *Restate the following sentences in the preterit. Then repeat the correct response after the speaker. The sentences will be repeated.*

Modelos a. María sabe la respuesta.
María supo la respuesta.

b. Ellos vienen temprano.
Ellos vinieron temprano.

ML2-4 *Restate the following sentences in the imperfect. Then repeat the correct response after the speaker. The sentences will be repeated.*

Modelos a. Paco tiene diez años.
Paco tenía diez años.

b. Ustedes quieren comer.
Ustedes querían comer.

ML2-5 *Several people from the Spanish-speaking world were asked:* **¿A quién admira mucho? ¿Qué hizo y por qué lo (la) admira?** *Listen to what they said and complete their answers with the missing verbs.*

Vocabulario: luchar *to fight;* **sacrificar** *to sacrifice;* **capturar** *to capture;* **formar** *to form.*

1. Miriam Castillo, Colombia: César Chávez. Soy colombiana, pero vivo en California. César Chávez ______________ el líder de los United Farm Workers. ______________ de mejorar *(improve)* la situación de los trabajadores agrícolas *(farm workers).*
2. Gabriela Romero, México: Sor Juana Inés de la Cruz, una poetisa mexicana. ______________ mucho por los derechos de la mujer... ______________ toda su vida por el estudio. A las mujeres no se les ______________ el acceso a los libros y al estudio. Entonces ella ______________ llevar una vida de sacrificio... todo por poder tener acceso al estudio y a los libros.
3. Begoña Paez, España: Miguel de Cervantes, el autor del *Quijote.* ______________ una vida muy dura. Los turcos lo ______________ en una batalla y ______________ cinco años en la cárcel *(prison).* Por fin ______________ a España. El *Quijote* se puede considerar como el principio de la

literatura moderna y una atrevida *(daring)* parodia de las extravagancias de la sociedad del siglo dieciséis en España.

4. Rafael Sauceda, Honduras: El indio Lempira. Cuando los españoles ____________ aquí, ____________ una alianza con todas las tribus de la región y ____________ por establecer la soberanía *(sovereignty)* de Honduras. Es una historia muy importante para nosotros. Por su valentía *(valor)* le ____________ el nombre *lempira* a la moneda *(currency)* de Honduras.

ML2-6 *Answer the questions in the affirmative, using* **hace** *plus the expression of time indicated, as in the model. Then repeat the correct response after the speaker. The questions will be repeated.*

Modelo ¿Ya se casaron Marta y José? (dos meses)
Sí, hace dos meses que ellos se casaron.

ML2-7 *For each item below, mark in your manual the sentence that you hear. Each sentence will be read twice.*

Modelo ( ) Ella va con el padre.
(x) Ella ve al compadre.

1. ( ) Mi abuela se rió mucho.
   ( ) Mi abuela sonrió mucho.
2. ( ) ¿Se casó usted ayer?
   ( ) ¿Se cansó usted ayer?
3. ( ) Él ve si no viene su novia.
   ( ) El vecino viene con su novia.
4. ( ) Ellos llevaban una vida feliz.
   ( ) Ellos llevaban una vida infeliz.
5. ( ) Decidió ir al concierto.
   ( ) Decidí oír el concierto.

ML2-8 *For every family relationship there is always an inverse. If Raúl is Juana's son, for example, then Juana is Raúl's mother. Complete each of the following statements with the inverse correspondent of the family relationship you hear described. Include the appropriate definite articles. Each statement will be repeated.*

1. Yo soy ____________________ de Carlos y Susana.
2. Sergio es ____________________ de Carmen.
3. Teresa es ____________________ de Lupe.
4. Anita y María son ____________________ de don Pedro.
5. Ernesto y Tomás son ____________________ de Diana.
6. Isabel es ____________________ de Eduardo.

ML2-9 *Listen to the following dialogue, which takes place in a marriage counselor's office.*

The first half will now be repeated. Answer the four questions that follow by marking the correct response.

1. ( ) Ella le dijo que estaba un poco cansada.
   ( ) Ella le dijo que estaba cansada de él.
   ( ) Ella le dijo que estaba cansada de estar casada.

2. ( ) Ella se casó dos veces.
   ( ) Ella se casó sólo una vez.
   ( ) Ella se casó tres veces.

3. ( ) Hace tres años que él se casó con ella.
   ( ) Hace sólo un año que ellos se casaron.
   ( ) Hace dos años que ellos se casaron.

4. ( ) Él la conoció cuando murió su segundo esposo.
   ( ) Él la conoció en el entierro de su primer esposo.
   ( ) Él la conoció cuando ella tenía quince años.

The second half will now be repeated. Answer the last four questions by marking the correct response.

5. ( ) Debe dejar a su esposa.
   ( ) Debe ir al cine con su esposa.
   ( ) Debe hablar con su esposa.

6. ( ) En un teatro.
   ( ) En un hospital.
   ( ) En un cementerio.

7. ( ) El día de la muerte del cliente.
   ( ) El día de su cumpleaños.
   ( ) El año próximo.

8. ( ) Él dice que no le va a decir adiós a su esposa.
   ( ) Él dice que está cansado de estar casado con su esposa.
   ( ) Él dice que no tiene dinero para pagarle al doctor.

ML2-10 *Write the following sentences as you hear them. Each sentence will be repeated. At the end of the dictation, the entire paragraph will be read once again.*

1. ____

2. ____

3. ______________________________

4. ______________________________

5. ______________________________

6. ______________________________

7. ______________________________

8. ______________________________

____

NOMBRE ______________________ FECHA __________ CLASE __________

CAPÍTULO 3 Presencia latina

ML3-1 *Before leaving for Colombia, Mike interviewed some immigrants from Latin America, among them one who originally came to the United States for economic reasons, and another for political reasons.*

A. *Listen to Mike's interview with Sethy Tomé, an immigrant from Honduras. Then circle below the ideas she associates with her native country.*

1. oportunidades económicas
2. buena posición profesional
3. tener cerca a la familia
4. dificultad en crear nuevos amigos
5. clima magnífico

B. *Now listen to the interview again. You will then hear six statements based on it. Circle* **V (verdadero)** *if what you hear is true and* **F (falso)** *if what you hear is false. Each statement will be repeated.*

1. V F
2. V F
3. V F
4. V F
5. V F
6. V F

ML3-2 *In this interview, Mike talks with Prudencio Méndez, another immigrant from Latin America.*

A. *Listen to their conversation. Then circle below the ideas that Prudencio associates with his native country.*

1. problemas políticos
2. vida tranquila
3. mirar televisión
4. ritmo de vida acelerado
5. oportunidades de trabajo
6. comunicación y sociabilidad

B. *Now listen to the interview again. You will then hear six statements based on it. Circle* **V (verdadero)** *if what you hear is true and* **F (falso)** *if it is false. Each statement will be repeated.*

1. V F
2. V F
3. V F
4. V F
5. V F
6. V F

ML3-3 *For each of the drawings in your manual, you will hear four sentences, two of which are correct and two incorrect. Write only the correct sentences. Each pair of sentences will be read twice.*

1. El niño ______________________________
____
2. La doctora ______________________________
____
3. El profesor ______________________________
____
4. Él ______________________________
____

5. Los turistas ______________________________
____
6. La estación ______________________________
____
7. Papá ______________________________
____
8. El cuarto ______________________________
____

ML3-4 *Give the plural forms of the phrases you hear. Then repeat the correct response after the speaker. The phrases will be repeated.*

Modelo el primer lugar interesante
los primeros lugares interesantes

ML3-5 *Give the feminine forms of the phrases you hear. Then repeat the correct response after the speaker. The phrases will be repeated.*

Modelo estos pasajeros puertorriqueños
estas pasajeras puertorriqueñas

ML3-6 *Answer the questions in the imperfect tense, using* **ser** *or* **estar,** *following the models. Then repeat the correct response after the speaker. The questions will be repeated.*

Modelos ¿En el extranjero?... ¿el señor Gómez?
Sí, estaba en el extranjero.

¿Un país muy rico?... ¿Inglaterra?
Sí, era un país muy rico.

ML3-7 *Answer the following questions in the affirmative, using possessives and demonstratives, following the models. Then repeat the correct response after the speaker. The questions will be repeated.*

Modelos ¿Es éste tu vuelo?
Sí, este vuelo es mío.

¿Son éstas sus maletas (i.e., las maletas de ellos)?
Sí, estas maletas son suyas.

ML3-8 *You will hear six sentences; each one will be read twice. Three possible endings to each sentence will be given. Complete each sentence with the correct ending, following the model. Then repeat the correct response after the speaker.*

Modelo Una persona que entra a un país con intención de quedarse a vivir allí es un...
a. ciudadano b. turista c. inmigrante
Es un inmigrante.

ML3-9 *Listen to the following passage about Hispanics in the U.S. You will then hear five statements based on it. Circle* **V (verdadero)** *if what you hear is true and* **F (falso)** *if it is false. Each statement will be repeated.*

1. V F
2. V F
3. V F
4. V F
5. V F

ML3-10 *You will hear a paragraph about Gloria Estefan and her musical group, the Miami Sound Machine. As you listen to it, fill in the missing words below. The entire paragraph will be repeated to help you check your answers.*

Gloria Estefan es una ____________________ cantante ____________________ que vive actualmente en

un ____________________ residencial de Miami, Florida. Nació en Cuba en 1957 pero dejó

____________________ ____________________ cuando era muy ____________________ En efecto,

por razones políticas tuvo que emigrar a Estados Unidos ____________________ ____________________

____________________ en la década de los años sesenta. A los dieciocho años empezó a cantar con un

____________________ ____________________: el «Miami Latin Boys», convertido después en el «Miami

Sound Machine». Así conoció Gloria a Emilio Estefan, líder del grupo ____________________; se

enamoraron y se casaron en 1978. Ella y su marido han tenido ____________________

____________________ juntos. En 1994, por ejemplo, el álbum *Mi tierra* de Gloria y su grupo —el «Miami

Sound Machine»— recibió el Grammy Award al mejor álbum de ____________________

____________________ latina. Y en 1995, Estefan y su grupo ganaron un segundo Grammy Award por su

álbum *Abriendo puertas* y hoy día, todavía sigue tan fuerte como nunca.

ML3-11 Una canción de emigrantes. *The following song,* **«El abuelo»,** *is about life far from home, about those who leave their own countries in search of a better life. Read along as you listen to it and then do the comprehension exercise that follows.*

EL ABUELO

Letra y música de Alberto Cortez

El abuelo un día, cuando era muy joven	
allá en su Galicia, miró el horizonte°	*horizon*
y pensó que otra senda° tal vez existía.	camino
Y al viento° del norte, que era un viejo amigo,	*wind*
le habló de su prisa; le mostró sus manos	
que mansas° y fuertes estaban vacías.°	*gentle / empty*
Y el viento le dijo: «Construye tu vida	
detrás° de los mares,° allende° Galicia».	del otro lado / *seas* / lejos de
Y el abuelo un día, en un viejo barco	
se marchó° de España.	**se...** se fue, salió
El abuelo un día, como tantos otros,	
con tanta esperanza.°	*hope*
La imagen querida de su vieja aldea°	pueblo
y de sus montañas	
se llevó grabada° muy dentro del alma	*engraved*
cuando el viejo barco lo alejó° de España.	llevó lejos
Y el abuelo un día subió la carreta°	*cart*
de subir la vida; empuñó° el arado,°	tomó / *plow*

abonó° la tierra y el tiempo corría.
Y luchó° sereno° por plantar el árbol
que tanto quería.
Y el abuelo un día, solo bajo el árbol
que al fin florecía,°
lloró de alegría cuando vio sus manos
que un poco más viejas no estaban vacías.

fertilizó
struggled / con serenidad
tenía flores

Y el abuelo entonces, cuando yo era un niño,
me hablaba de España; del viento del norte,
de su vieja aldea y de sus montañas.
Le gustaba tanto recordar° las cosas
que llevó grabadas muy dentro del alma
que a veces callado,° sin decir palabra,
me hablaba de España.

to remember
en silencio

Y el abuelo un día, cuando era muy viejo,
allende Galicia, me tomó la mano
y yo me di cuenta° que ya se moría.
Entonces me dijo, con muy pocas fuerzas°
y con menos prisa: «Prométeme° hijo
que a la vieja aldea irás algún día
y al viento del norte dirás que su amigo
a una nueva tierra le entregó° la vida».

me... *I realized*
strength
Promise me
dio

Y el abuelo un día se quedó dormido
sin volver a España.
El abuelo un día, como tantos otros,
con tanta esperanza.
Y al tiempo° al abuelo lo vi en las aldeas,
lo vi en las montañas, en cada mañana
y en cada leyenda,°
por todas las sendas que anduve de España.

al... después de un tiempo
legend

Now you will hear ten statements based on the song. Circle **V (verdadero)** *if what you hear is true or* **F (falso)** *if it is false. Each statement will be read twice.*

1. V F	3. V F	5. V F	7. V F	9. V F
2. V F	4. V F	6. V F	8. V F	10. V F

CAPÍTULO **4**

Amor y amistad

ML4-1 *Julia is at home when she receives a call from Alberto.*

A. *Listen to their conversation. You will hear five comments. For each one of them, circle* **Sí** *if you agree and* **No** *if you disagree with what you hear. Each comment will be repeated.*

1. Sí No
2. Sí No
3. Sí No
4. Sí No
5. Sí No

B. *Now listen to the conversation again. You will then hear five statements based on it. Circle* **V (verdadero)** *if what you hear is true and* **F (falso)** *if what you hear is false. Each statement will be repeated.*

1. V F
2. V F
3. V F
4. V F
5. V F

ML4-2 *Julia receives another telephone call.*

A. *Listen to this conversation. You will then hear four statements, each of which is true for either* **Camila, Todo sobre mi madre,** *or* **La vida sigue igual,** *the three movies discussed in the conversation. Circle the letter of the film the statement refers to. Each statement will be repeated.*

1. (a) *Camila* (b) *Todo sobre mi madre* (c) *La vida sigue igual*
2. (a) *Camila* (b) *Todo sobre mi madre* (c) *La vida sigue igual*
3. (a) *Camila* (b) *Todo sobre mi madre* (c) *La vida sigue igual*
4. (a) *Camila* (b) *Todo sobre mi madre* (c) *La vida sigue igual*

B. *Now listen to the conversation again. You will then hear four statements based on it. Circle* **V (verdadero)** *if what you hear is true and* **F (falso)** *if it is false. Each statement will be repeated.*

1. V F
2. V F
3. V F
4. V F

ML4-3 *You will hear four sentences in the preterit tense. Using the cues provided, restate them in the future tense, following the model. Then repeat the correct response after the speaker. The sentences will be repeated.*

Modelo Ayer fui al cine. Mañana también...
Mañana también iré al cine.

ML4-4 *You will hear four sentences in the present tense. Restate them in the past, using the preterit in the main clause. Follow the model. Then repeat the correct response after the speaker. The sentences will be repeated.*

Modelo Juan cree que pronto romperá con Susana.
Juan creyó que pronto rompería con Susana.

ML4-5 *Complete the following sentences by making comparisons of equality, using the cues provided and* **tan** *or a form of* **tanto(-a, -os, -as)** *as appropriate. Follow the models. Then repeat the correct response after the speaker. The sentences will be repeated.*

Modelos a. Conocemos a una persona... (optimista, usted)
Conocemos a una persona tan optimista como usted.

b. Aquí hay... (hombres, mujeres)
Aquí hay tantos hombres como mujeres.

ML4-6 *Answer the following questions affirmatively, using irregular comparative forms. Follow the models. Then repeat the correct response after the speaker. The questions will be repeated.*

Modelos a. Jorge y tú tienen buenas clases, ¿no?
Sí, pero Jorge tiene mejores clases que yo.

b. Pepito y Lupita son pequeños, ¿no?
Sí, pero Pepito es menor que Lupita.

ML4-7 *You will hear six definitions. After each one, circle the letter* **(a, b,** *or* **c)** *that corresponds to the words defined. Each definition will be read twice. Follow the model.*

Modelo Según el Movimiento de Liberación Femenina, relación ideal entre los sexos.
(a) dependencia (b) discriminación (c) igualdad

1. (a) compartir (b) cambiar (c) acompañar
2. (a) obligación (b) derecho (c) amistad
3. (a) verdadero (b) actual (c) real
4. (a) débil (b) dominador(a) (c) fuerte
5. (a) prometer (b) apoyar (c) evitar
6. (a) tareas (b) trabajos (c) papeles

NOMBRE ______________________________ FECHA ________ CLASE ___________

ML4-8 *Listen to the following passage. Then do the true/false exercise that follows. Mark* **V (verdadero)** *in the blank if what you hear is true or* **F (falso)** *if it is false.*

Vocabulario: el ejército *army*

1. ____________ La película *Como agua para chocolate* trata de las relaciones entre los hombres y las mujeres en la España de 1931.
2. ____________ La República es una época de liberación social y sexual.
3. ____________ Fernando deserta del ejército.
4. ____________ Don Manolo es un hombre mayor que ayuda a Fernando.
5. ____________ Las hijas de don Manolo son muy feas.
6. ____________ Rocío está a punto de casarse con un hombre a quien no quiere mucho.
7. ____________ Luz es la mayor de las cuatro hermanas.
8. ____________ Luz tiene celos de sus hermanas porque ella también está enamorada de Fernando.

ML4-9 Los futuros esposos. *You will hear a paragraph about Manuel and Sofía, followed by some questions. Listen to the paragraph, which will be read twice.*

Vocabulario

luna de miel	*honeymoon*
posponer	*to postpone*
barco	*ship, boat*
gastar	*to spend*
a fines de	*at the end of*

Now answer the questions with short responses, following the model.

Modelo *You hear and see:* ¿Cuándo se van a casar Manuel y Sofía?
You write: **el 12 de junio próximo**

1. ¿Cuándo se conocieron ellos?

   ____

2. ¿Dónde pasarán su luna de miel?

   ____

3. ¿Qué países de Europa visitarán?

   ____

4. ¿Adónde no irán en este viaje?

   ____

5. ¿Cuánto tiempo estarán en Europa?

____

6. ¿Cómo viajarán a América del Sur?

____

7. ¿Con quiénes se quedarán en Lima?

____

8. ¿Qué profesión tienen Sofía y Manuel?

____

9. ¿Qué va a enseñar Sofía?

____

CAPÍTULO 5 Vivir y aprender

ML5-1 *Jessica Jones is living in Bogotá with her friend Julia Gutiérrez; both are attending the* **Universidad de los Andes** *there. They are in class or working almost all day long; when they get home, they listen to the messages they have on the answering machine.*

A. *Listen to the three messages that Jessica receives. You will then hear five questions based on them. Circle the letters of the correct answers. Each question will be repeated.*

1. (a) su libro de antropología (b) sus apuntes
2. (a) hoy por la noche (b) hoy antes de las seis
3. (a) en Colombia (b) en la librería universitaria
4. (a) sus apuntes (b) su cartera
5. (a) antes de las seis (b) después de las ocho

B. *Now listen to the three messages again. You will then hear six statements, each of which is true for either Tomás, Consuelo Díaz, or Silvia Salazar. Circle* **Tomás, Consuelo Díaz,** *or* **Silvia Salazar,** *whomever the comment refers to. Each statement will be repeated.*

1. Tomás Consuelo Díaz Silvia Salazar
2. Tomás Consuelo Díaz Silvia Salazar
3. Tomás Consuelo Díaz Silvia Salazar
4. Tomás Consuelo Díaz Silvia Salazar
5. Tomás Consuelo Díaz Silvia Salazar
6. Tomás Consuelo Díaz Silvia Salazar

ML5-2 *Raúl is worried because he has been getting poor grades lately. Make sentences using* **Ojalá que** *and the subjunctive, as he would. Follow the models. Then repeat the correct response after the speaker.*

Modelos a. yo / poder graduarme
Ojalá que yo pueda graduarme.

b. mis padres / pagar mi matrícula
Ojalá que mis padres paguen mi matrícula.

ML5-3 *Create new sentences by substituting in the base sentence the word or phrase given. Follow the models. Then repeat the correct response after the speaker.*

Modelo Es increíble que ella esté en la biblioteca.
(Esperamos)
Esperamos que ella esté en la biblioteca.
(Es evidente)
Es evidente que ella está en la biblioteca.

1. Creo que él quiere seguir medicina.
2. ¿Insistes en que yo vaya a esa clase?
3. Es mejor que tú te especialices en ciencias de computación.
4. Temo que ustedes fracasen en este examen.
5. Es cierto que esa profesora es muy exigente.

ML5-4 *You will hear five statements. Mark the most logical response to the statement you hear. Then repeat the correct response after the speaker. The statements will be repeated.*

Modelo ¡Saqué una A + en el examen de física!
(x) ¡Qué bien! Veo que eres un estudiante excepcional.
( ) ¡Qué lástima! Ahora tienes que estudiar más.
( ) Es obvio que no tienes problemas con las lenguas.

1. ( ) ¿Por qué? ¿Crees que sea muy aburrida para él?
( ) Su madre no quiere que él saque malas notas.
( ) ¿Por qué? Es posible que él pueda ayudarte.

2. ( ) Es posible que tus padres estén muy felices.
( ) Entonces será mejor que empieces a buscar trabajo.
( ) Vas a graduarte más temprano.

3. ( ) Ojalá que lleguen mañana.
( ) Tus padres insisten en que te especialices en literatura.
( ) ¿Qué quieren que hagas?

4. ( ) Pero estoy seguro que hay otros sobre el mismo tema, ¿no?
( ) ¡Qué bien! Entonces podemos ir a la biblioteca.
( ) Es lógico que él sea exigente, ¿no?

5. ( ) Porque quiero viajar a Francia y a Italia.
   ( ) Porque quiero especializarme en estudios latinoamericanos.
   ( ) Porque mañana tengo que pagar la matrícula.

ML5-5 *You will hear eight brief monologues. Circle the letter that corresponds to the occupation or field of specialization of the person speaking. Follow the model.*

Modelo ¿Por qué no vino antes? Con la salud no hay que jugar, señora. Es probable que ese tumor sea benigno, pero uno nunca sabe...

campo: a. química (b.) medicina

		a.	b.
1.	ocupación:	a. profesor	b. arquitecto
2.	campo:	a. matemáticas	b. economía
3.	ocupación:	a. maestra	b. vendedora
4.	campo:	a. filosofía	b. sociología
5.	ocupación:	a. escritora	b. agente de viajes
6.	campo:	a. ingeniería	b. literatura
7.	ocupación:	a. abogado	b. policía
8.	ocupación:	a. estudiante	b. secretario

ML5-6 *Cecilia and Ramón are studying together and exchanging some impressions about their lives as students in this country. The conversation will be divided into two parts. Each part will be read twice. After each part, you will hear several statements based on it. Circle* **V (verdadero)** *if what you hear is true and* **F (falso)** *if it is false.*

1. V F
2. V F
3. V F
4. V F

(Now you will hear the second part of the dialogue.)

5. V F
6. V F
7. V F
8. V F
9. V F
10. V F

ML5-7 Una canción chilena. *The following song was composed by Violeta Parra, the well-known Chilean singer and composer, and interpreted by Daniel Viglietti, an Uruguayan composer and singer. It is part of a group of compositions gathered together under the title of* **«Canto libre»** *(Free Song). Viglietti says that they are not protest songs, but "birds that fly close, look, comment, and announce the liberation." Read along as you listen to the song and then do the comprehension exercise that follows.*

ME GUSTAN LOS ESTUDIANTES

Letra y música de Violeta Parra

¡Que vivan los estudiantes, jardín de las alegrías!
Son aves° que no se asustan° de animal ni policía;
y no le asustan las balas° ni el ladrar° de la jauría.°
¡Caramba y zamba la cosa,
que viva la astronomía!

birds / **no...** *are not frightened*
bullets / barking / pack of hounds

Me gustan los estudiantes que rugen° como los vientos
cuando les meten al oído sotanas° o regimientos.
Pajarillos libertarios igual que los elementos.
¡Caramba y zamba la cosa,
que vivan los experimentos!

roar
cuando... *when they hear (are exposed to) / cassocks (the clergy)*

Me gustan los estudiantes porque levantan el pecho°
cuando les dicen harina,° sabiéndose que es afrecho.°
Y no hacen el sordomudo° cuando se presenta el hecho.°
¡Caramba y zamba la cosa,
el código° del derecho!

chest
flour, wheat / bran
deaf-mute / fact, deed
code

Me gustan los estudiantes porque son la levadura°
del pan que saldrá del horno° con toda su sabrosura°
para la boca del pobre que come con amargura.°
¡Caramba y zamba la cosa,
viva la literatura!

leavening
oven / good taste
bitterness, grief

Me gustan los estudiantes que marchan sobre las ruinas.
Con las banderas en alto va toda la estudiantina.°
Son químicos y doctores, cirujanos° y dentistas.
¡Caramba y zamba la cosa,
vivan los especialistas!

student body
surgeons

Me gustan los estudiantes que van al laboratorio.
Descubren lo que se esconde adentro del confesorio.°
Ya tiene el hombre un carrito que llegó hasta el purgatorio.°
¡Caramba y zamba la cosa,
los libros explicatorios!

lo... *what is hidden inside the confessional*
Ya... *Now people have a cart (i.e., an ideology) which has reached purgatory*

Me gustan los estudiantes que con muy clara elocuencia
a la bolsa negra sacra le bajó las indulgencias.°
Porque ¿hasta cuándo nos dura, señores, la penitencia?
¡Caramba y zamba la cosa,
que viva toda la ciencia°!

a... *on the sacred black market they reduced the indulgences (something done or money paid to absolve sin)*
knowledge

You will now hear five statements based on the song. Circle* V (verdadero) *if the statement is true and* F (falso) *if it is false. Each statement will be read twice.

1. V F
2. V F
3. V F
4. V F
5. V F

NOMBRE ______________________ FECHA __________ CLASE __________

CAPÍTULO **6**

De viaje

ML6-1 *Mike and Julia are on a trip to Cartagena with some friends.*

A. *Listen to this part of their conversation. You will then hear five questions based on it. Circle the letters of the correct answers. Each question will be repeated.*

1. (a) la ciudad de Cartagena (b) el castillo de San Felipe
2. (a) toman un taxi (b) caminan más de dos cuadras
3. (a) murallas muy altas (b) murallas muy anchas
4. (a) de España o Portugal (b) de Inglaterra o Francia
5. (a) oro y cosas preciosas (b) murallas y piratas

B. *Now listen to the conversation again. You will then hear five statements based on it. Circle* **V (verdadero)** *if what you hear is true and* **F (falso)** *if it is false. Each statement will be repeated.*

1. V F
2. V F
3. V F
4. V F
5. V F

ML6-2 *Mike and Julia decide to take a tour of San Felipe Castle in Cartagena.*

A. *Listen to their conversation. Then complete the sentences that follow by circling the letters of the appropriate endings. Each sentence will be repeated.*

1. (a) muchos cañones (b) una gran esmeralda
2. (a) norteamericanos (b) españoles
3. (a) primos (b) medio-hermanos
4. (a) un pedazo de cuerpo (b) mucha gloria

B. *Now listen to the conversation again. You will then hear six phrases. Circle the letter of the person or group that you associate with each of them. The phrases will be repeated.*

1. (a) piratas (b) españoles (c) indios
2. (a) Isabel la Católica (b) Isabel I de Inglaterra (c) Isabel II de Inglaterra
3. (a) los españoles (b) los indios (c) los norteamericanos
4. (a) George Washington (b) Edward Vernon (c) Lawrence Washington
5. (a) 30.000 (b) 300.000 (c) 3.000
6. (a) Edward Vernon (b) Lawrence Washington (c) Blas de Lezo

ML6-3 *Eduardo asks his mother the following questions as she is about to leave for Argentina. Answer them affirmatively, using direct object pronouns, as his mother would. Follow the models. Then repeat the correct response after the speaker. The questions will be repeated.*

Modelos

a. ¿Compraste los cheques de viajero?
Sí, los compré.

b. ¿Verás a Ana Laura?
Sí, la veré.

ML6-4 *Restate the following sentences, using indirect object pronouns. Follow the models. Then repeat the correct response after the speaker. Each sentence will be read twice.*

Modelos

a. Pidieron ayuda a la guía.
Le pidieron ayuda.

b. ¿Llevarán recuerdos para sus hijos?
¿Les llevarán recuerdos?

ML6-5 *Answer the following questions, using the prepositional pronouns that correspond to the subjects given. Follow the models. Then repeat the correct response after the speaker. Each question will be repeated.*

Modelos

a. ¿Con quién sales hoy? (tú)
Salgo contigo.

b. ¿En quiénes piensan ustedes? (nuestros huéspedes)
Pensamos en ellos.

ML6-6 *Carlos has not traveled very much and asks his friend Ana, an experienced traveler, for some advice. Using the infinitive phrases you hear, formulate her advice to him by making* **tú** *commands, as she would. Use object pronouns whenever possible. The infinitive phrases will be read twice. Follow the models. Then repeat the correct response after the speaker.*

Modelos

a. No dejar el pasaporte en la oficina.
No lo dejes en la oficina.

b. Llevarles regalos a los amigos.
Llévaselos.

NOMBRE ______________________ FECHA __________ CLASE __________

ML6-7 *You will hear six brief comments related to travel. For each one, mark the only choice that* COULD NOT *possibly complete what you have heard. The comments will be read twice.*

Modelo No hay tiempo... Raúl, trae el equipaje. Y tú, Pepe,...

___ a. sígueme.
_x_ b. vayan a la parada.
___ c. sube al taxi.

1. ______ a. hasta la avenida Colón.
   ______ b. y siéntense en aquella esquina.
   ______ c. y crucen la Plaza Cervantes.

2. ______ a. pasaportes listos.
   ______ b. maletas listas.
   ______ c. direcciones listas.

3. ______ a. vengan aquí a jugar.
   ______ b. déjennos trabajar.
   ______ c. salgan afuera a jugar.

4. ______ a. pregunta si el avión sale a horario.
   ______ b. pregunta si alquilan autos allí.
   ______ c. pide información al respecto.

5. ______ a. No se divierta.
   ______ b. No se preocupe.
   ______ c. Tenga paciencia.

6. ______ a. vuelvan muy tarde.
   ______ b. salgan solos.
   ______ c. vayan a clase.

ML6-8 *Listen to the following conversation, which will be read twice. You will hear eight statements based on it. Circle* **V (verdadero)** *if what you hear is true and* **F (falso)** *if it is false.*

1. V F	3. V F	5. V F	7. V F
2. V F	4. V F	6. V F	8. V F

ML6-9 «Si me dejas no vale» *("If you leave me, it's not fair"). You will now hear a song sung by Julio Iglesias, a very popular Spanish singer. Read along as you listen to the song and then do the comprehension exercise that follows.*

SI ME DEJAS NO VALE

Interpretada por Julio Iglesias

La maleta en la cama preparando tu viaje,
un billete de ida y en el alma coraje,° — indignación, enojo
en tu cara de niña se adivina° el enfado° — **se...** se refleja, se ve / enojo
y más que° te enojas quiero estar a tu lado. — **y...** y más porque

Y pensar que me dejas por un desengaño,° — decepción, desilusión
por una aventura que ya he olvidado;
no quieres mirarme, no quieres hablar,
tu orgullo° está herido,° te quieres marchar. — *pride / hurt*

Si me dejas no vale,° — **no...** no cuenta, no es justo
si me dejas no vale,
dentro de una maleta
todo nuestro pasado
no puedes llevarte.

Si me dejas no vale,
si me dejas no vale,
me parece muy caro
el precio que ahora yo
debo pagar.

Deja todo en la cama y háblame sin rencor;° — odio
si yo te hice daño,° te pido perdón; — **si...** *if I hurt you*
si te he traicionado,° no fue de verdad,° — *betrayed* / **de...** *for real*
el amor siempre queda y el momento se va.

Now you will hear five statements based on the song. Circle **V (verdadero)** *if what you hear is true and* **F (falso)** *if it is false. Each statement will be read twice.*

1. V F
2. V F
3. V F
4. V F
5. V F

CAPÍTULO 7 Gustos y preferencias

ML7-1 *Julia and Mike are driving along a street in Bogotá.*

A. *Listen to their conversation. You will then hear five statements, each of which is true for either Julia or Mike. Circle the letter of the person the statement refers to. Each statement will be repeated.*

1. (a) Julia (b) Mike
2. (a) Julia (b) Mike
3. (a) Julia (b) Mike
4. (a) Julia (b) Mike
5. (a) Julia (b) Mike

B. *Now listen to the conversation again. You will then hear five statements based on it. Circle* **V (verdadero)** *if what you hear is true and* **F (falso)** *if it is false. Each statement will be repeated.*

1. V F
2. V F
3. V F
4. V F
5. V F

ML7-2 *Mike and Julia are chatting in a downtown area of Bogotá.*

A. *Listen to their conversation and respond to the true–false statements in your manual by circling* **V (verdadero)** *or* **F (falso),** *as appropriate.*

1. V F A Julia le encanta el ritmo de la música que ella y Mike escuchan.
2. V F Es una música romántica, de ritmo lento.

3. V F Mike no quiere entrar al club porque no le gusta bailar.

4. V F Julia insiste y finalmente Mike acepta entrar con ella.

B. *Now listen to some excerpts from the song* **«Ya lo dijo Campoamor».** *The excerpts will be repeated. As you listen to them for the second time, respond to the true–false statements in your manual by circling* **V (verdadero)** *or* **F (falso),** *as appropriate.*

Vocabulario

enano	*dwarf*
oso	*bear*
muletas	*crutches*
gallo	*rooster*
billar	*billiards*

1. V F Esta canción es un diálogo entre tres personas: Guillermo, Willy Chirino y Álvarez Guedes.
2. V F Según Willy Chirino, en su pueblo había una burra experta en ortografía.
3. V F También había un enano de noventa años de edad.
4. V F Había además un gallo que sabía leer y escribir.
5. V F Según Álvarez Guedes, en su pueblo había cosas más fabulosas que en el pueblo de Willy Chirino.
6. V F Dice Álvarez Guedes que en su pueblo había un oso que fue campeón de billar.
7. V F También había un gato con muletas.
8. V F Y según él, ¡en su pueblo creció un árbol de dinero!

ML7-3 *Answer the following questions with a form of* **gustar,** *as in the models. Then repeat the correct response after the speaker. The questions will be repeated.*

Modelos a. ¿Por qué no comes frutas?
Porque no me gustan las frutas.

b. ¿Por qué no van ellos al ballet?
Porque no les gusta el ballet.

ML7-4 *You will hear five sentences; each one will be read twice. Circle the letter of the most appropriate response.*

1. (a) Déjame pensar.
   (b) Porque llueve.
   (c) Porque tengo sed.

2. (a) Más o menos.
   (b) Un momento, por favor.
   (c) Vamos a comer.

3. (a) ¡Qué bien! ¡Eso me parece fantástico!
   (b) Tiene celos. ¡Eso es obvio!
   (c) No sabe nada, absolutamente nada.

4. (a) ¡Qué tontería!
   (b) Entonces, ¡hagamos una fiesta!
   (c) ¡Como no! ¿A qué hora?

5. (a) No me interesa.
   (b) Usted es muy amable. ¡Gracias!
   (c) ¡No veo la hora!

ML7-5 *You will hear a comment based on each drawing below. Look at the drawings carefully; then circle* **V (verdadero)** *if the comment is true, and* **F (falso)** *if it is false. The comments will be repeated.*

1. V F   2. V F   3. V F

4. V F   5. V F

ML7-6 *Restate the following negative statements affirmatively, following the model. Then repeat the correct response after the speaker.*

Modelo No quiero verte aquí jamás.
Quiero verte aquí siempre.

ML7-7 *Create new sentences by substituting in the base sentence the word or phrase you hear, omitting or using the personal* **a**, *as appropriate. Make all necessary changes in the verb. Follow the models. Then repeat the correct response after the speaker. The base sentences will be repeated.*

Modelos

a. Aquí hay alguien que lleva corbata.
(no hay nadie)
Aquí no hay nadie que lleve corbata.

b. Buscamos a la profesora que enseña flamenco
(una profesora)
Buscamos una profesora que enseñe flamenco.

ML7-8 *Restate the sentences, changing the verb in the main clause to a form of* **ir a** *+ infinitive and making all the necessary changes. Follow the models.*

Modelos a. Lo hago cuando no tengo tanta prisa.
Lo voy a hacer cuando no tenga tanta prisa.

b. Ellos cocinaron después de que salió papá.
Ellos van a cocinar después de que salga papá.

ML7-9 *Listen to the conversation between Pablo and Ana as they decide what to buy at the store. You will hear the conversation twice. Make a shopping list for them based on the conversation. The first item is done for you.*

1. **arroz**
2. ______________________
3. ______________________
4. ______________________
5. ______________________
6. ______________________

NOMBRE ______________________ FECHA __________ CLASE __________

CAPÍTULO **8**

Dimensiones culturales

ML8-1 *Tomás is reading a book in the students' cafeteria when Julia and Jessica approach him.*

A. *Listen to the conversation that takes place among them. You will then hear four questions based on it. Circle the letters of the most appropriate answers. Each question will be repeated.*

1.	(a) un libro sobre los incas	(b) un libro sobre los mayas
2.	(a) observatorios	(b) museos
3.	(a) un calendario exacto	(b) una música muy rítmica
4.	(a) «No los entendemos.»	(b) «¿Cómo se llama este lugar?»

B. *Now listen to the conversation again. Complete the sentences that follow by circling the letters of the appropriate endings. Each sentence will be repeated.*

1.	(a) té	(b) café	(c) agua
2.	(a) símbolo	(b) sonido *(sound)*	(c) cero
3.	(a) una idea	(b) un número	(c) un sonido
4.	(a) aztecas	(b) mayas	(c) incas
5.	(a) Ci u than	(b) Chichén-Itzá	(c) Uxmal

ML8-2 *You will hear five negative statements which will be repeated. First, make an affirmative command (without object pronouns). Then restate the sentence, adding object pronouns to the commands. Follow the models. Then repeat the correct response after the speaker.*

Modelos

a. Me quito el sombrero. (usted)
Quítese el sombrero.
Quíteselo.

b. Nos lavamos las manos. (nosotros)
Lavémonos las manos.
Lavémonoslas.

ML8-3 *Give the plural forms of the sentences you hear; each will be read twice. Then repeat the correct response after the speaker.*

Modelo Me levanté temprano.
Nos levantamos temprano.

ML8-4 *Restate the following sentences using "**se** constructions for unplanned occurrences," as in the models. Then repeat the correct response after the speaker. The sentences will be repeated.*

Modelos
a. Ramón perdió el informe.
Se le perdió el informe.
b. Toño y yo olvidamos los boletos.
Se nos olvidaron los boletos.

ML8-5 *You will hear eight numbered sentences. Write the number of the sentence you hear under the sign with which you associate it. The first two sentences are marked as examples. The sentences will be read twice.*

Modelos 1. No se permite doblar a la derecha. 2. Se debe parar *(stop)*.

_____

_____

_____

_____

_____

_____

_____

_____

ML8-6 *Listen to the description of* A Day at the Market. *It will be read twice. After the second reading, you will hear 6 questions. Each one will be read twice. Circle the letter of the correct answer. Then repeat the correct response after the speaker and check your choice.*

1. a. los lunes
   b. los sábados
   c. los domingos
2. a. los indígenas
   b. los niños
   c. los turistas
3. a. Se come bien y se paga mucho.
   b. Se come poco y se paga mucho.
   c. Se come bien y se paga poco.
4. a. cantan
   b. miran al cielo
   c. regatean
5. a. de los malos momentos
   b. de las buenas compras
   c. de pagar demasiado
6. a. cuenta su dinero
   b. va al cine
   c. vuelve a casa

ML8-7 Un poema-canción de Nicolás Guillén. *The lyrics to the following song were written as a poem by Nicolás Guillén (1902–1989), a well-known Cuban poet. Read along in your manual as you listen to the song. Then do the exercise that follows.*

LA MURALLA° — *WALL*

Para hacer esta muralla,
bis)° tráiganme todas las manos: — repetir
los negros sus manos negras,
los blancos sus blancas manos.

Una muralla que vaya
bis) desde la playa hasta el monte,° — montaña
desde el monte hasta la playa,
allá sobre el horizonte.° — *horizon*

—¡Tun, tun!
—¿Quién es?
—Una rosa y un clavel...° — *carnation*
—¡Abre la muralla!

—¡Tun, tun!
—¿Quién es?
—El sable° del coronel...° — *saber / colonel*
—¡Cierra la muralla!

—¡Tun, tun!
—¿Quién es?
—La paloma° y el laurel... — *dove*
—¡Abre la muralla!

—¡Tun, tun!
—¿Quién es?
—El gusano° y el ciempiés...° — *worm / centipede*
—¡Cierra la muralla!

—¡Tun, tun!
—¿Quién es?

Al corazón° del amigo, — *heart*
abre la muralla;
al veneno° y al puñal,° — *poison / dagger*
cierra la muralla;

al mirto° y la yerbabuena,° — *myrtle / mint*
abre la muralla;
al diente° de la serpiente, — *tooth*
cierra la muralla;
al corazón del amigo,
abre la muralla;
al ruiseñor° en la flor... — *nightingale*

bis) Alcemos° esta muralla — Construyamos, Levantemos
juntando todas las manos;
los negros, sus manos negras,
los blancos, sus blancas manos.

bis) Una muralla que vaya
desde la playa hasta el monte,
desde el monte hasta la playa,
allá sobre el horizonte...

—¡Tun, tun!
—¿Quién es? (etc.)
....
....
al corazón del amigo,
abre la muralla;
al ruiseñor en la flor,
¡abre la muralla!

Now listen to the following five statements based on the song. Circle **V (verdadero)** *if the statement you hear is true and* **F (falso)** *if it is false. Each statement will be read twice.*

1. V F
2. V F
3. V F
4. V F
5. V F

NOMBRE ____________________ FECHA __________ CLASE __________

CAPÍTULO **9**

Un planeta para todos

ML9-1 *Julia is visiting Amacayacu Park, a nature preserve in the Colombian Amazon, near the city of Leticia. A tourist guide is talking to a group of tourists.*

A. *Listen to the conversation between the guide and some of the tourists. You will then hear five questions based on it. Respond to the questions by circling the most appropriate answers. Each question will be repeated.*

1.	los reptiles	los mamíferos	los pájaros
2.	un pájaro	un insecto	un reptil
3.	cocodrilos	iguanas	anacondas
4.	recuerdos	plantas	guacamayas
5.	en el parque	en los mercados	en los refugios

B. *Now listen to the conversation again. Circle* **V (verdadero)** *if what you hear is true and* **F (falso)** *if it is false. Each statement will be repeated.*

1. V F
2. V F
3. V F
4. V F
5. V F
6. V F
7. V F
8. V F

ML9-2 *You will hear six sentences; each one will be read twice. Restate each sentence in the past tense, using the imperfect indicative or subjunctive, as appropriate. Then repeat the correct response after the speaker.*

Modelo Es posible que vean muchas mariposas.
Era posible que vieran muchas mariposas.

ML9-3 *In your manual, circle the letter of the response that correctly completes each sentence. Each sentence will be read twice.*

Modelo La gasolina es uno de los productos...
(a.) del petróleo b. del bosque c. de la ecología

1. (a) naturaleza (b) niebla (c) basura
2. (a) una huerta (b) un parque (c) una selva
3. (a) reservas (b) latas (c) periódicos
4. (a) las abejas (b) los pájaros (c) las mariposas
5. (a) árboles (b) semillas (c) flores
6. (a) reciclaje (b) ecoturismo (c) ejercicio
7. (a) del agua (b) del aire (c) por el ruido

ML9-4 *Restate the following sentences you hear in the past tense, following the model. Then repeat the correct response after the speaker. Each sentence will be read twice.*

Modelo Si quieres mejorar, tendrás que cuidarte más.
Si quisieras mejorar, tendrías que cuidarte más.

ML9-5 *You will hear six sentences. Complete each sentence with an adverb that corresponds to the prepositional phrase in the sentence you hear. Follow the models. Then repeat the correct response after the speaker.*

Modelos a. En general, ellos son muy responsables.
Generalmente, ellos son muy responsables.
b. Bajó con cuidado.
Bajó cuidadosamente.

ML9-6 *You will hear ten verbs in their infinitive forms. The verbs will be repeated. Give a noun used in this chapter and related to each of the verbs. Follow the models. Include the corresponding definite article. Then repeat the correct response after the speaker.*

Modelos a. reciclar b. llover
el reciclaje **la lluvia**

ML9-7 *You will hear eight comments about ecology and related issues. The comments will be read twice. For each of them, mark in your manual the response or reaction you find most appropriate. Follow the model.*

Modelo En casa no desperdiciamos nada y sólo compramos envases retornables.
( ) Probablemente acumulan mucha basura.
(**x**) Probablemente acumulan muy poca basura.

1. ( ) Te recomiendo Costa Rica.
( ) Te recomiendo Puerto Rico.

2. ( ) ¿Por qué no los tiras en la basura?
( ) ¿Por qué no los llevas al centro de reciclaje?

3. ( ) Entonces van a tener muchas flores.
( ) Entonces van a tener verduras frescas.

4. ( ) ¿Sigue cursos de estudios ambientales?
   ( ) ¿Sigue cursos de biología?

5. ( ) Entonces hay que reciclarla, ¿no?
   ( ) Entonces hay que tomar agua embotellada, ¿no?

6. ( ) Pues debería hacer ecoturismo en la Amazonia colombiana.
   ( ) Pues debería visitar las playas del Caribe.

7. ( ) Obviamente estaban a favor del control de la natalidad.
   ( ) Obviamente estaban en contra del control de la natalidad.

8. ( ) Sí, hay que plantar más árboles.
   ( ) Sí, hay que proteger los bosques.

ML9-8 *Listen to Ricardo, the host of the radio program* "Theme of the Day," *as he talks about the problems of ecology. The excerpt from his program will be read twice. After the second reading you will hear 5 statements read. Each statement will be read twice. Circle the letter of the correct way of finishing each of these statements.*

1. a. cuántos problemas hay
   b. cuál es el peor problema
   c. cómo podemos escoger

2. a. la contaminación del aire
   b. la extinción de especies
   c. la destrucción de la capa de ozono

3. a. la destrucción de los bosques
   b. la contaminación de los ríos
   c. el calentamiento global

4. a. usáramos los garajes
   b. tomáramos el bus
   c. manejáramos mejor los coches

5. a. no destruirían árboles
   b. no necesitarían ecoturismo
   c. no tendrían problemas

NOMBRE ______________________ FECHA __________ CLASE __________

CAPÍTULO **10** **Imágenes**

ML10-1 *You will hear two advertisements.*

A. *Listen to the first advertisement. Complete the4 sentances that follow by circling the letter of the appropriate ending. The statements will be repeated.*

1. (a) México (b) Nuevo México
2. (a) una vieja (b) su esposa
3. (a) llegó hace mucho (b) acaba de llegar
4. (a) 48 horas (b) 24 horas
5. (a) de 50 palabras (b) de 5 palabras

B. *Now listen to the second advertisement. You will then hear eight statements based on it. Circle* **V (verdadero)** *if what you hear is true and* **F (falso)** *if it is false. Each statement will be repeated.*

1. V F
2. V F
3. V F
4. V F
5. V F
6. V F
7. V F
8. V F

ML10-2 *Answer the following questions using the present perfect tense and object pronouns, following the models. Then repeat the correct response after the speaker. Each question will be read twice.*

Modelos a. ¿Abrió usted el restaurante?
Sí, lo he abierto.

b. ¿Visitaron ustedes a las dueñas?
Sí, las hemos visitado.

ML10-3 *Restate the following sentences using the present perfect subjunctive and the cues provided. Follow the models. Then repeat the correct response after the speaker. The sentences will be repeated.*

Modelos a. Dudo que llames mañana. (ayer)
Dudo que hayas llamado ayer.

b. No creo que tengan hambre ahora. (anoche)
No creo que hayan tenido hambre anoche.

ML10-4 *For each item, mark the sentence that you hear. Each sentence will be read twice.*

Modelo ( ) Obtuve una cita con el profesor.
(**x**) Hoy tuve una cita con el profesor.

1. ( ) Alma tiene una familia grande.
   ( ) Él mantiene a una familia grande.
2. ( ) Eso es muy caro.
   ( ) Eso es un carro.
3. ( ) ¿Lo quieres ahora?
   ( ) ¿Lo quieres ahorrar?
4. ( ) Sé que el anuncio fue ayer.
   ( ) Sé que él anunció eso ayer.
5. ( ) Elvira gastó mucho.
   ( ) Él regateó mucho.
6. ( ) ¿Le contaste el secreto a Mario?
   ( ) ¿Le contaste eso al secretario?
7. ( ) El dueño vendió la tienda.
   ( ) El dueño lo vio en la tienda.

ML10-5 *You will hear eight questions. Each one will be read twice. Answer each question by circling the best response. Follow the model.*

Modelo ¿Cómo se llama la persona que trabaja en una tienda?
cura (dependiente) deuda

1. dueño vendedor presupuesto
2. la ropa los anuncios las deudas
3. ahorrar gastar conservar

4. tiendas	oficinas	hospitales
5. contratar	reducir	regatear
6. invertirla	pagarla	prestarla
7. un estudiante	un médico	un profesor
8. ganar dinero	gastar dinero	malgastar dinero

ML10-6 *You will hear six questions. Answer the questions affirmatively, using the past perfect tense and the cues provided. Follow the model. Then repeat the correct response after the speaker. The questions will be repeated.*

Modelo ¿Viste esa película antes? (dos veces)
Sí, había visto esa película dos veces antes.

ML10-7 *Answer the following questions in the affirmative, using the appropriate past participle forms, as in the models. Then repeat the correct response after the speaker.*

Modelos
a. ¿Abrieron la ventana?
Sí, la ventana está abierta.

b. ¿Rompieron los platos?
Sí, los platos están rotos.

ML10-8 *Read along as you listen to the following conversation between Ramón and a salesperson. While you listen to what they are saying, complete their dialogue by circling in your manual the words they use in their conversation.*

VENDEDORA: Buenas tardes, señor. ¿En qué puedo (ayudarlo / servirlo)?

RAMÓN: Buenas tardes. Sólo estoy mirando.

VENDEDORA: ¿Le interesa esa (computadora / calculadora)? Es de muy alta (cualidad / calidad).

RAMÓN: Pues, no sé. ¿Cuánto (cuesta / es)?

VENDEDORA: Dos (billones / millones) de pesos. (Está / Fue) hecha en (Japón / Hong Kong). Y viene con una (batería recargable / impresora láser) de muy alta calidad.

RAMÓN: ¡Dos (billones / millones) de pesos! ¡Qué (cara / caramba)! La verdad es que vine aquí a comprar una (computadora / calculadora) que me ayudara a controlar los gastos. O sea, que no quería gastar (tanto / mucho).

VENDEDORA:	Pues, permítame mostrarle este modelo. Esta (computadora / calculadora) no tiene (impresora láser / batería recargable) y no es tan rápida como la otra, pero está a precio (fijo / reducido). Sólo cuesta un (millón / billón) de pesos.
RAMÓN:	Mmm... Pues, ¿me haría el favor de (enseñarme / mostrarme) la computadora más barata que (venden / tienen)?
VENDEDORA:	Con mucho gusto. Mire usted... Esta computadora está muy (barata / bien hecha). Pero no tiene (programación / programa) para calcular los gastos y no tiene mucha (calidad / memoria).
RAMÓN:	¿O sea, la otra, la de un (millón / billón) de pesos, es mejor para (calcular / programar) los gastos?
VENDEDORA:	(Mucho / Bastante) mejor, sin duda alguna.
RAMÓN:	¿Ustedes aceptan tarjetas de (débito / crédito)?
VENDEDORA:	Claro que sí.
RAMÓN:	Entonces, quizás debo (llevar / comprar) el modelo de un (millón / billón) de pesos. ¡Y voy a (comenzar / empezar) a usarla hoy mismo, para controlar bien los gastos!

ML10-9 *Listen to the reading of a page written by María Teresa in her diary. It will be read twice. After the second reading, you will hear 6 statements based on what you heard. Each one will be read twice. Circle* **V (verdadero)** *if the statement is true and* **F (falso)** *if it is false. Each statement will be read twice.*

1. V F
2. V F
3. V F
4. V F
5. V F
6. V F

NOMBRE ______________________ FECHA __________ CLASE __________

CAPÍTULO **11**

¡Adiós, distancias!

ML11-1 *Mike and Julia are talking with Mrs. Gutiérrez, Julia's mother.*

A. *Listen to their conversation. You will then hear four questions about it. Circle the letters of the most appropriate answers. Each question will be repeated.*

1. (a) en el aeropuerto (b) en su casa
2. (a) refrescos (b) cervezas
3. (a) se divirtieron (b) se enfermaron
4. (a) un archivo de reserva (b) unos chistes

B. *Now listen to the conversation again. You will then hear seven statements, each of which is true for either Julia, Mike, Mrs. Gutiérrez, or for both Julia and Mike. Circle* **Julia, Mike, Señora Gutiérrez,** *or* **Julia y Mike,** *whomever the comment refers to. Each statement will be repeated.*

1.	Julia	Mike	Señora Gutiérrez	Julia y Mike
2.	Julia	Mike	Señora Gutiérrez	Julia y Mike
3.	Julia	Mike	Señora Gutiérrez	Julia y Mike
4.	Julia	Mike	Señora Gutiérrez	Julia y Mike
5.	Julia	Mike	Señora Gutiérrez	Julia y Mike
6.	Julia	Mike	Señora Gutiérrez	Julia y Mike
7.	Julia	Mike	Señora Gutiérrez	Julia y Mike

ML11-2 *You will hear five sentences about a party; each one will be repeated. Change the sentences to the past, following the model. Then repeat the correct response after the speaker.*

Modelo Me alegro que la fiesta sea en casa de Juliana. (Me alegraba)
Me alegraba que la fiesta fuera en casa de Juliana.

ML11-3 *You will hear four conditional statements. Each of them will be read twice. Restate them in the past, following the model. Then repeat the correct response after the speaker.*

Modelo Si tuviéramos dinero, compraríamos una computadora nueva.
Si hubiéramos tenido dinero, habríamos comprado una computadora nueva.

ML11-4 *Give short answers to the following questions, which are based on the drawing in your manual. Then repeat the correct responses after the speaker. Each question will be read twice.*

Modelo ¿Cómo se llama la máquina que sirve para imprimir documentos?
Se llama impresora.

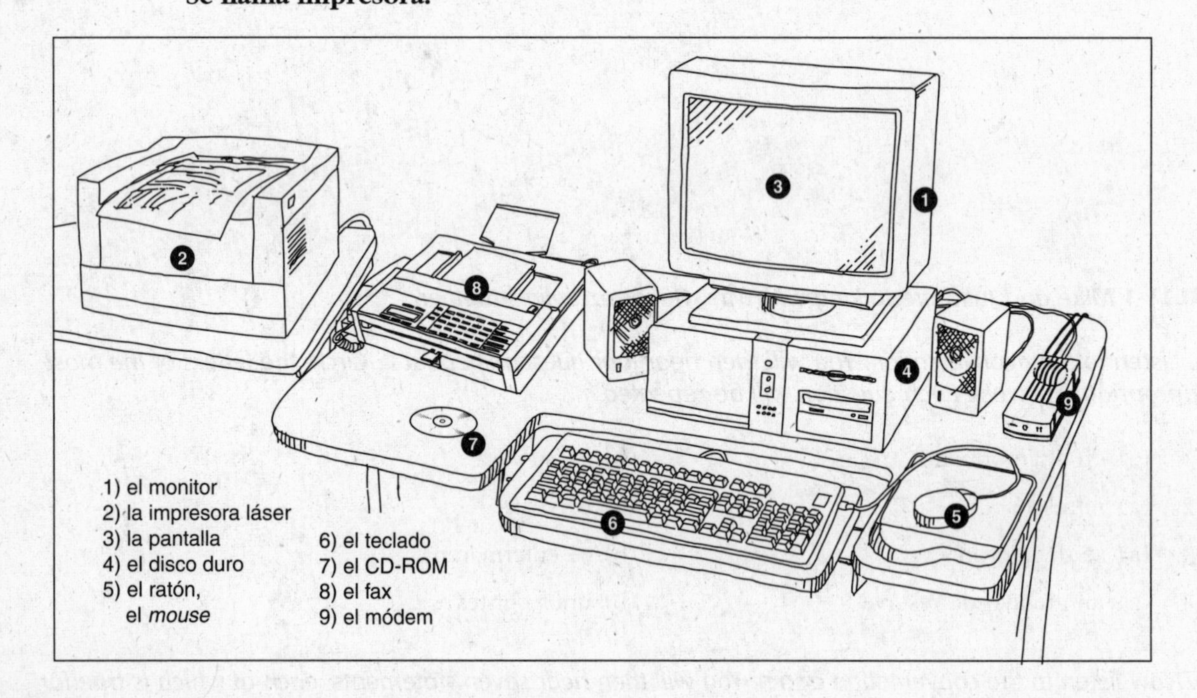

ML11-5 *Circle the word or phrase that corresponds to the definition you hear. Follow the model. The definitions will be repeated.*

Modelo Sinónimo de computadora.
servidor (ordenador) buscador

1. claustrofobia	agorafobia	tecnofobia
2. usuarios	ciberamigos	amigos platónicos
3. archivar	bajar	guardar
4. por lo menos	por si acaso	por otra parte
5. por las dudas	por completo	por eso
6. estar por	estar para	estar de
7. registrarse	programar	salir del sistema
8. movible	compacta	portátil

NOMBRE ______________________ FECHA __________ CLASE __________

ML11-6 *Answer the following questions in the affirmative. Use* **por** *or* **para** *in your answers, as in the models. Then repeat the correct answer after the speaker. Each question will be read twice.*

Modelos

a. ¿Van ustedes hacia la universidad?
Sí, vamos para la universidad.

b. ¿Entró él a través de la ventana?
Sí, él entró por la ventana.

ML11-7 Házmelotodo. *Listen to the following story which will be read twice. You will then hear six statements based on it. Circle* **V (verdadero)** *if the statement is true and* **F (falso)** *if it is false. The statements will also be read twice.*

1. V F
2. V F
3. V F
4. V F
5. V F
6. V F

ML11-8 Dictado. *The title of the following paragraph could be* **«Un enigma de pensamiento lateral»** *("A Puzzle of Lateral Thinking"). Write the sentences as you hear them. Each sentence will be read twice. At the end of the dictation the entire paragraph will be read once again.*

NOMBRE ______________________ FECHA __________ CLASE __________

CAPÍTULO **12**

¡Viva la imaginación!

ML12-1 *It's been a year since Mike and Julia, met at a party. Much has happened since then, and Julia's life is definitely not the same . . .*

A. *First listen to the following conversation between Mike and Julia who meet at Plaza Bolívar. You will then hear five questions based on it. Circle the letters of the most appropriate answers. Each question will be repeated.*

1. (a) Mike (b) Julia
2. (a) Mike (b) Julia
3. (a) Es antropólogo. (b) Es fotógrafo.
4. (a) fotografía (b) arte y pintura
5. (a) en la Universidad de los Andes (b) en la Universidad de Florencia

B. *Now listen to the conversation again. Complete the sentences that follow by circling the letters of the most appropriate answers. Each sentence will be repeated.*

1. (a) la Universidad de Florencia. (b) un amigo. (c) Julia.
2. (a) la Universidad de Florencia. (b) un amigo. (c) Mike.
3. (a) trabajar con un amigo. (b) visitar a su amigo. (c) conocer Río de Janeiro.
4. (a) por teléfono. (b) por fax. (c) por carta.
5. (a) en dos semanas. (b) en unos meses. (c) en un año.
6. (a) Colombia. (b) Brasil. (c) Italia.

ML12-2 *Restate the following sentences using the present progressive tense. Follow the model. Then repeat the correct response after the speaker.*

Modelo Cecilia y Rogelio leen el texto de español.
Cecilia y Rogelio están leyendo el texto de español.

ML12-3 *Restate the following sentences using diminutives that end in a form of* **-ito.** *Follow the models. Then repeat the correct response after the speaker.*

Modelos
a. Mamá leyó un poema.
Mamita leyó un poemita.
b. Eduardo dibuja muchas casas.
Eduardito dibuja muchas casitas.

ML12-4 *Find the word that best completes the sentence you hear. Write the number of the sentence in the space provided, following the models.*

Modelos
1. Una mujer que enseña en una universidad es una...
2. Pablo Picasso era...

______ científico	______ arquitecto	__2__ pintor	______ médica
______ carpintero	__1__ profesora	______ novelista	______ actriz
______ poeta	______ músico	______ periodista	______ bailarín

ML12-5 *Create new sentences by substituting in the base sentence the word or phrase that you hear. Make all necessary changes. Follow the models. Then repeat the correct response after the speaker.*

Modelos
a. Lo terrible es que fracasó en el examen.
(Lo malo)
Lo malo es que fracasó en el examen.
(Lo cierto)
Lo cierto es que fracasó en el examen.

b. Esos muchachos, los que están sentados, siguen un curso de fotografía.
(Aquel señor)
Aquel señor, el que está sentado, sigue un curso de fotografía.
(Mi amiga)
Mi amiga, la que está sentada, sigue un curso de fotografía.

1. Tengo una profesora cuyo esposo es biólogo.
2. ¿Dónde están los primos de Jorge, los que ayer fueron a la conferencia?
3. La muchacha con quien estudio acaba de volver de la biblioteca.
4. Lo interesante será saber la opinión del arquitecto.
5. ¿Puede llevarnos al colegio detrás del cual hay un parque?

ML12-6 *You will hear seven incomplete statements. Complete them by circling the word that best fits each statement, following the model. The statements will be read twice.*

Modelo Un lugar donde se venden libros es...

una biblioteca (una librería) una tienda

1. un ensayo	un poema	un cuento
2. estampilla	tela	humor
3. un carácter	un personaje	un narrador
4. crear	copiar	escribir
5. retratos	tejidos	investigaciones
6. tiempo	carácter	persona
7. una novela	una escultura	una carta

ML12-7 *You will hear eight brief descriptions of important Hispanic artists, writers, or scientists. For each one, you are given two possible answers. Circle the name of the person that corresponds to the description you hear. Follow the model.*

Modelo Músico español; famoso violoncelista y director de orquesta. Murió en 1973...

Julio Iglesias (Pablo Casals)

1. Laura Esquivel	Isabel Allende
2. Miguel de Cervantes	Miguel de Unamuno
3. Pablo Neruda	Gabriel García Márquez
4. José Martí	Jorge Luis Borges
5. Gabriela Mistral	Violeta Parra
6. Pablo Picasso	Francisco José Goya
7. Mario Molina Henríquez	Nicolás Guillén
8. Carlos Fuentes	Antoni Gaudí y Cornet

ML12-8 *Listen to the reading of a letter written by* **Carlos** *to his sister* **Aracely.** *It will be read twice. After the second reading, you will hear 6 statements based on what you heard. Each statement will be read twice. Circle* **V (verdadero)** *if the statement is true and* **F (falso)** *if it is false.*

1. V F	3. V F	5. V F
2. V F	4. V F	6. V F

ML12-9 Una balada argentina. *The following song is a ballad composed by María Elena Walsh and M. Cosentino, and interpreted by the former, an Argentinian singer known mainly for her songs for children. Read along as you listen, and then do the comprehension exercise that follows.*

¿DÓNDE ESTÁN LOS POETAS?

¿Dónde están los poetas?	
Los poetas, ¿por dónde andarán?	
Cuando cantan y nadie los oye	
es señal° de que todo anda mal.	*sign*
Si están vivos los premia el olvido,°	**los...** *neglect is their reward*
pero a algunos quizás les harán	
homenajes° después que se mueran,	*homage*
en la cárcel° o en la soledad.	prisión
¿Quiénes son los poetas?	
Los testigos° de un mundo traidor.	*witnesses*
Ellos quieren salir a la calle	
para hacer la revolución.	
Y en la esquina se van por las ramas°	**se...** *they start beating around the bush*
donde un pájaro se les voló.	
Y se encierran° de nuevo en sus libros	**se...** *they lock themselves up, bury themselves*
que no encuentran lector ni editor.	
Y quizás los poetas	
no se venden ni mienten jamás.	
Es posible que a veces alquilen	
sus palabras por necesidad,	
o que un par de ilusiones perdidas	
cada día las cambien por pan.	
Pero son la conciencia de todos	
y ratones de la eternidad.	
Aquí están los poetas	
ayudándonos a suspirar.°	*wish, long for things*
Aquí están los poetas	
ayudándonos a suspirar.	
Aquí están los poetas	
ayudándonos a suspirar.	

Now you will hear eight statements based on the song. Circle **V (verdadero)** *if the statement is true and* **F (falso)** *if it is false. Each statement will be read twice.*

1. V F
2. V F
3. V F
4. V F
5. V F
6. V F
7. V F
8. V F

CREDITS

Cuaderno de ejercicios

Realia

p 51 Universidad Nacional Mayor de San Marcos, Oficina de Relaciones Pùblicas, Lima, Perù.
p 58 Universidad de Santiago de Compostela, Cursos Internacionales de Verano, Santiago de Compostela, La Coruña, España.
p 79 "Lo ùltimo: Mi Estilo: Dominò: En positivo negativo" from *People en español,* June-July 2001.
p 80 "De la siguiente relaciòn….? From Cisneros and A. Ferrari. "Del jardìn a la calle: La juventud peruana de los 90". *Debate,* vol. 16, no. 74, Lima, Perù.
p 101 Map of Reserva de la Biosfera del Manu (Perù) from Diario El Paìs, 6 February 1998, Madrid, España.
p 134 El mundo al alcance de tus manos
p 136 Cartoon of Internet love by Norma Vidal.
p 147 advertisements for Marcela Serrrano, *Nuestra Señora de la Soledad,* Josè Saramago. *El año de la muerte de Ricardo Reis,* Julio Cortàzar, *Cuentos completos* I & II, from Alfaguara, Spring 2001, Catalogue.

Literary

p 25 Un dìa inolvidable, Ma. Teresa Mèndez-Faith.
p 35 Habla Sandra Cisneros, *El Mundo Libros,* Madrid, España.
p 46 Una leyenda de amor, Mèxico.
p 96-97 El rescate de Atahualpa. Perù.

Manual de laboratorio

Songs

p 154 "La TV" by Àngel Parra
p 164-65 "El abuelo" sung by Alberto Cortèz, Productor Fonogràfico Gioscia, Montevideo, Uruguay.
p 174 "Me gustan los estudiantes" by Violeta Parra, on her recording *Canto Libre,* Productor Fonogràfico Gioscia, Montevideo, Uruguay.
p 178 "Si me dejas no vale" interpreted by Julio Iglesias, on his recording *A mis 33 años,* permission by Edizioni Universal Ariston, Milan, Italia.
p 180 "Ya lo dijo Campoamor" by Willy Chirino, on his recording South Beach, Sony Tropical © 1993 Sony Discos, Inc.
p 185-86 "La muralla" sung by Los Quilapayùn, on their recording *Basta: Chants Rèvolutionnaires,* Movie Play Productor Fonogràfico discos DICAP-PROCOPE, Portugal.
p 202 "¿Dònde estàn los poetas?" by Marìa Elena Walsh on her recording *El sol no tiene bosillos,* lyrics by Maria Elena Walsh, music by Mario Cosentino © 1987 Editorial Lagos (Wagner Chappell Music Argenina).